徳 間 文 庫

ワーキングガール・ウォーズ

やってられない月曜日

柴 田 よ し き

徳 間 書 店

目次

やってられない月曜日

1

だから、どうしてこれが、あたしんとこにあるわけ？

あたしは未決箱の中から摑み出した書類を三秒睨んで、ガタッ、と立ち上がる。もう怒った。何度も何度も何度も、同じこと言わせやがってーっ。

勢いよく飛び出したものの、廊下の端まで大股で歩いて、そこで障害に遭遇。毎度毎度、なかなか来ないエレベーター。

「見栄張ってこんなビル建てるから、も、いい迷惑！」

大声で言いたいのをぐっと堪えたのは、開かずの扉状態と化したエレベーターの前につっ立っていたのが、総務部長の石橋だからだ。石橋は社長一族の縁戚で、いずれはこの会社の幹部になる。あたしは、できれば、定年までこの会社にいたいと思っているので、上には逆らわない、睨まれない、をモットーとして生き抜いている。笑いたいやつは笑えばいい、と思う。あたしは自分を知っている。こんなでっかい会社を一歩出て社会の荒波に飛び込んだら、あっという間に溺れてドザエモンである。だからしがみついている。いや、しがみついてやる。

「来ないねぇ、相変わらず」

唐突に横で声。ヤヤ、だ。ヤヤ。漢字で書くと、弥々。百舌鳥弥々。全部漢字で書いてあると、ルビ振らないと読める人は少ないと思う。百舌、でモズ、なら読めるけど、鳥が下に付いてる方が正式なんだろうか。それにしても、弥々。彼女の親に、どういうつもりで付けた名前なのか、ちょっと訊いてみたかったりして。

「なんでエレベーター、二基しか作んなかったんだろ。こんなばかでっかいビル建ててさ、前より不便じゃん」

あたしは頷かなかった。弥々には怖いものがないのか。じろり、と石橋の眼鏡がこちらを向く。あたしは下を向いた。弥々は口を閉じない。

「それにさあ、あたしんとこなんか、二十二階だよ、二十二階！　あのさ、消防車にはしごってあるじゃん、あれ、七階くらいまでしか届かないんだって、知ってた？　それより上の階の場合はね、火事んなってもどうしようもないんだよ。うちのビル、ヘリポートないし、上に逃げてもだめだもんねー。だいたいさー、なんでこんな高層ビルなのに、役員室は下の方にあるわけ？　普通、偉い人って上の方にいない～？　やっぱ、火事になったら我々ヒラから焼け死ぬようにな……」

向こう脛を蹴飛ばしてやった。弥々はやっと黙った。でも、なんで蹴飛ばされたのか理解していない。

エレベーターが到着する。唇をとがらせてひとの顔を見るなよ、タコみたいに。扉が開く。ほぼ満員である。二人分くらいしか乗る余裕はない。当然のように石橋が乗る。他は誰も乗らない。詰めればあとひとりくらい乗れるけれど、誰もそんな勇気がないのだ。扉が閉まった。あたしは溜め息と共に肩を上下させた。

「蹴らなくてもいいじゃん、いったーい」

「石橋部長がいたでしょうが。あんたのこと、睨んでたのよ」

「え、うっそ。ぜんぜん気づかなかったよ」

「あんた、どうして眼鏡かけないのよ。視力、〇・一以下のくせに」

「似合わないいんだもん」

「だったらコンタクト買いなさいよ」

「ハードはだめなの、痛くって。でも乱視強いからソフトも使えないし」

「最近のソフトは乱視用があるわよ」

「高いんだもーん。お金貸して」

　弥々は平然と言って、にっこり微笑んだ。こいつ、同人誌でけっこう儲けてるくせに、しらじらしい。

「あるわけないでしょ。あたしの財政状態、知ってるくせに。あんたの方がよっぽど金持ちじゃないの。コミケで儲けたお金、どうしたのよ」

「冬コミは落選したっつったじゃん。儲かってたのは二年くらい前までだよ。今は作るたんびに赤字だしぃ。貯金、なくなっちゃうよ」

「だったらやめれば」

「愛読者がいるんだもーん。ファンある限り、あたしは書くのだ。寧々だって、あんなヘンなもんばっか作ってんの、ファンがいるからでしょー。あ、そうだ、寧々、会社のお金、横領してよ。今ならバレないよ、こんなビル建てちゃって、いろんな経費かかってて、わややなんでしょ、経理。どさくさに紛れてさあ、二百万ばかり都合してくんない？」

「やだね。あたしはね、刑務所とゲートボールチームにだけは、死ぬまで入らないって心に決めてんの」

「そんなこと言わないでさあ、コネ入社同士、助け合おう〜」

あたしはもう一発、弥々の向こう脛に蹴りを入れてから、決然と、到着したもう一基のエレベーターのドアに向かって突撃した。無理やりからだを割り込ませて、またもやほぼ満員の狭い箱にもぐり込む。ドアが閉まる時、乗りきれなかった弥々が、ひっどーい、寧々のばかあ、と言うのが聞こえた。小学生かおまえは。


寧々と弥々。なんか、ものすごく大昔に、そんなような名前の歌手がいた、と何かで読んだか見たかした記憶があるけれど、あたしたちはもちろん、歌手でも芸能人でもない。高遠（たかとお）寧々。本名なのだ、おそろしいことに。高遠、という名字だけでも、ペンネームじみていて引け目を感じると言うのに、それにくわえて、寧々、である。弥々の親にも名前の由来を訊いてみたいが、あたしの親にも、小一時間ばかりその命名姿勢について問い詰めたい。もちろん、これまでの人生において、数えきれないくらい問い詰めた。が、正確なところはよくわからなかった。要するに、父親がそういう気分だった、というのが真相らしい。

いずれにしても、多大に名前負けしたあたしと弥々とは、この会社の中でも、コネ入社、という、最下層ヒエラルキーに属する存在であり、名前の面白さと「コネ入社」の烙印と、ついでに、弥々は身長百四十八センチ、あたしは身長百六十六センチ、というこのでこぼこぶりで、なんとなく有名な二人組、になってしまっている。

有名な、男との縁のない、二人組。

悪かったわね。

あたしは、ブスである。自分で承知しているのだから、あえて他人に指摘などされたくない。胸がないのも知っている。いちいち言われなくてもわかっているのだ。背は高いが足は長くない。膝から下が短いのは日本人なのだから仕方ないと思う。おまけに、髪の毛が硬い。多々あるコンプレックスの中でも、これは相当にキツイ。女に生まれて髪の毛が硬い、というのは、ほとんど致命的なんじゃないかと思う。背の高い女でもいい、という男はけっこういそうだし、貧乳好き、というのも、マイノリティではあるだろうが存在していると聞いている。しかし、髪の毛が硬い女が好き、という男にはお目にかかったことがないし、そんな愛好者の集まりがあると聞いたこともない。山積みにされたあたしのコンプレックスの中でも、硬い髪、は、その最上位にランクされる大問題なのだ。

しかし。

コンプレックスはコンプレックスとして、あたしにも言いたいことはある。

あたしという女が、男と縁があるかどうかが、他人に何の関係があるのだ。あたしが男とつき合わないという事実（つき合えないという事実）によって、いったい、誰が迷惑しているというのだ。

あたしが言いたいことは一言だけである。

ほっとけ。

そう、あたしは、負け惜しみではなく、本気で、ほっといて欲しいと思っている。男なんていらない、とは言いません。言いませんよ。しかし、今現在、男が欲しいかと問われれば、欲しくない、とあたしは答える。嘘発見器にかけられたって平気である。ほんとに今は、欲しくないんだもん。そういう女だって世の中にはいるのだ。いて何が悪い。恋愛だけがこの世界の楽しみのすべてだなんて、思っている連中の方がある意味、不幸なのだ。この世界には、恋愛より楽しいことだって、けっこういっぱいあるんだから。ほんとに、あるのだよ。

と、誰に言い訳してるのだかわからない言い訳を心の中で並べたてつつ、あたしはエレベーターを降りた。そのまま、足音も荒く勢いをつけて、編集二課のガラスドアを押す。ちらり、と座っている社員の視線がこちらに流れるけれど、みんな、なんだあいつか、という顔でまた仕事に戻っていく。それでいい。注目されていると言いたいことも言えなくなるし。

「小林さん、ちょっとすみません」

幸い、小林樹（たつき）の席はドアから近い。樹は、お、という顔であたしを見ると、ニヤニヤしながら席を立った。

「なに？　わざわざ来てくれるなんて、どうしたの」

「あの、ちょっといいですか。こっちへ」

あたしは廊下を手で示した。樹は無邪気な顔でついて来る。こいつはいつもこうだ。どうしてこんな、ボクってとっても純情なんだよ、という顔のままで、三十過ぎるまで生きて来られたんだろう。

「これね、困るんですよ」

　あたしは、手に握りしめていた経費精算書をつき出した。

「もう何度も説明しましたよね。昨年の四月から経費精算のシステムが変更になったんです。精算は、理由の如何を問わず、経費が発生してから三ヶ月以内のものしかいたしません。コンピュータのシステムでできなくなっちゃってるんです。データを打ち込むとエラーになるんですよ。同じこと、先月も先々月も、その前の月も言ったはずですよ。経費精算システムの変更について、って小冊子もお渡ししたじゃないですか。そもそもあれ、昨年の四月に全社員に配られたもんなんですよ、なのに小林さん、なくしたって言うから」

「ちょっと待ってよ。俺、ちゃんと言われた通り、やったよ」

「やってないからあたしがここにいるんです。ご自分の目で確認してください」

　小林は精算書を見て、そしてまたにっこりした。

「ほら、ちゃんとなってるじゃない。日付、間違ってないよ」

「裏に添付してある領収書の日付と、あなたが書いた経費内訳書の日付が、違ってるんですよ！　あなたは、昨年の十月十四日の経費を、十二月十四日の経費として書いてるんです！　これ、単純なミスじゃありませんよね？　わたし、その領収書には見覚えがあります。先月の精算書にも、それ、貼り付けてありました。わたしが指摘して、あなた、あ、間違えて貼っちゃった、ごめんごめん、って、自分で剥(はが)したじゃないですか！」

「え、そうだった？　それにしてもすごいなあ、高遠さん、領収書の色や形や筆跡まで、いちいち全部記憶してるんだ。すごい、テレビに出られるよ、きっと。驚異の記憶力ってことで」

「あたしのこと、ばかにしてます？」

「とんでもない。ほんとにすごいと思っただけです」

「その領収書の裏、めくってみてください」

　あたしは、そう言いながら自分で領収書をめくって見せた。

「ここに、赤字で、×印が付いてますよね、小さく。これでわかるんです。一度提出されてはじかれた領収書は、返却する時にこの印をつけてるんです。何度はじいても、ホワイトで日付を書き直したりして提出して来る人があんまり多いんで、うちの部でこれ、必ずやることになってるんです！」

「へええ、それはいいことを聞いた。参考にさせて貰(もら)います」

「無駄です。赤い×印は昨年の十月の暗号。毎月、印は変わりますから。字の色も変えてます」

小林は、まともに驚いた顔になった。

「経理部って……暇なんですね」

殴られたいのか、あんたは。

「経費の不正精算があんまり多いんで、部長が考えたんです！　小林さんが、褒めていらした、って、うちの高木部長に伝言しておきましょうか？」

「いえ、けっこうです。って言うか、でもこれ、たった七千円だよ、額面」

「七千三百五十円です」

「俺、ちゃんとこの時、作家さんと昼飯、食ったんだよ。この領収書、偽造したわけでもないし、仕事以外で食ったもんでもないんだよ。ただちょっと忙しくて、つい、精算するの遅れただけじゃない。経費として立て替えたのは本当なんだから、会社が支払ってくれるのって、当然なんじゃないの？」

「三ヶ月以内に精算していただけるのでしたら、もちろん、きちんとお支払いいたします」

「だから、忙しかったんだってば。十月、十一月と、出張だけで六ヶ所、うち一度はニューヨークまで行って、それも仕事だけしてとんぼ返りで、市内見物のバスにも乗ってないんだよ。このくらいのこと、会社全体としたらたいしたことじゃないだろう。

税務署だって、こんな細かいとこまでいちいち照合したりしないよ。システムがどうのこうのじゃなくって、君が、気づかないふりしてそのまま、こっちの日付通りに入力してくれればそれで済む問題なんじゃないの？」

「それはつまり、あなたの不正をあたしに見逃せ、と言ってるわけですか」

「不正って、別に、偽造した領収書ってわけじゃないし、俺がカノジョと飯食ってそれを会社に請求してる、ってわけでもないじゃない。会社の為に働いて、立て替えたお金を、精算して貰いたいって、それだけじゃないの。どっちにしたって、領収書の日付と精算書の日付が違えば、俺がやったことだってのはわかるんだから、何かの時にばれちゃったって、寧々ちゃんが責任とる必要はないんだし。こんなとこまでチェックしてる暇があるんなら、他の仕事をした方が、会社にとっての利益も大きいんじゃないの？　七千三百五十円の為に、寧々ちゃん、何分時間を無駄にしてる？　その上、これで俺のやる気がなくなっちゃってさ、俺の仕事効率が落ちたら、七千三百五十円の損失じゃ済まなくなるよ」

「まず最初に、寧々ちゃん、って呼び方、やめてください」

「みんなそう呼んでるじゃん」

「友人ならそう呼んで貰っても構いませんけど、小林さんとは、同じ会社に勤めている、という以上の間柄ではないですから」

「すっごくムカつく言い方するね」

「すみません、性分なんです。次に、小林さんの今の発言は、屁理屈であるだけでなく、あたしに対しての恫喝を含んでいると思います。撤回するか、訂正するかしてください」

「恫喝、って、またそんな大袈裟な」

「不正、というのが大袈裟だとおっしゃるなら、間違い、とわたしも訂正します。その上で、小林さんの精算書に間違いがあって、それを指摘しているのに、そんな間違いは見なかったことにしろ、そうでないと自分はやる気をなくして仕事に悪い影響が出るぞ、それでもいいのか、という言い方は、恫喝以外の何ものでもないと思います。この精算システムに異議がある、これでは士気が下がって仕事効率が悪くなると思われるんでしたら、会社に対して、改善要求を出されればいいと思います。少なくとも、あたしに、見なかったことにしろ、というのは、筋違いです」

「わかったよ」

小林の表情が一変し、ニヤニヤした笑いはどこかに引っ込んで、陰険な不機嫌が顔の全面を支配した。

「わかったわかった、わかりました。いいよ、そんなもの、捨ててくれ。七千三百五十円ばかりのことで、やれ不正だ恫喝だって、極悪人みたいに言われたんじゃ割が合わないもんな。だけどね、同じ会社員同士、あんただって、会社に対して少しぐらい、不満とかはあるでしょ。なんでそう会社のルールに嬉々として従って、それが正義みたいな顔していられるのか、俺には理解できないね。やっぱりコネで入った人は、会社の味方ってことなのかね、いつも。そんなに卑屈にならなくても、いいのに。君ならクビにはならないでしょ、こうやってつまんないことで時間潰して、それで五時になったらさっさと帰って、たいして会社の役に立ってなくても、何しろコネがあるんだから、コネが」

小林は、精算書をくしゃっと丸めて足下に投げ捨て、編集部の中へと逃げるように素早く戻ってしまった。言い返す暇もない。

ワンテンポ遅れて全身にたぎって来た怒りの炎をめらめらさせながら、あたしは足下の精算書を拾い上げた。三回深呼吸して、あたまだけ冷やす。もちろん、このまま引き下がるつもりはない。小林樹なんかに侮辱されて、だまってひっこむ高遠寧々さんではないのだ。

そのまま二十二階にある総務部まで、また延々とエレベーターを待ってから向かう。

総務部の一区画に庶務課があり、弥々が欠伸をしながらハサミで何かをちょきちょきと切っていた。

「赤サインペン貸して」

「赤ボールペンじゃだめえ？」

「サインペンがいい。ボールペンじゃ目立たない」

弥々の机の上で、小林が丸めて捨てた精算書を丁寧に広げて皺を伸ばした。赤のサインペンで、上の方に大きく、落とし物、と書いて長丸で囲む。

「小林さんのじゃん、あたし、持ってってあげようか」

「いいの。本人が丸めて捨てたんだから」

「だったら落とし物じゃなくてゴミだよ」

「いいえ、落とし物です」

あたしは、精算日付をさらに赤丸で囲み、その横に「領収書の日付と違っております。おそれ入りますが、領収書の日付が精算期日を過ぎておりますので、この精算書はお返しいたします」と書き込んだ。

「セロテープ」

「何するのぉ？」

「復讐（ふくしゅう）」

あたしは、精算書とちぎったテープを手に、もう一度編集部のあるフロアへと、エレベーターで戻った。編集部の前の廊下には、今月の新刊、と書かれたガラス棚があり、整然と新刊書が並んでいる。その棚の横に、ポスターやサイン会の告知などを貼る掲示板があった。精算書をテープでそこに貼り付け、腕時計を見る。経理部を出てから実に三十一分。エレベーターのせいである。が、小林にああまで言われたのだ、今日は三十分、タダで残業してやる。ふん。

2

「だから、つっぱらかり過ぎだって」

汗をかいている生ビールの大ジョッキも、この人が持つと軽そうだ。あたしは、墨田翔子（しょうこ）が喉（のど）を鳴らしてぐびぐびとビールを飲む様を、半ばうっとりして眺めている。彼女は、自分ではあまりわかっていないみたいだけど、実のところ、美人だ。

「わざわざ社内で嫌われっ子になる必要なんかないのに、寧々ちゃん、わかっててそゆことするんだから」

「血ですね」

あたしは言って、自分の中ジョッキを傾けた。

「これは血です。翔ちゃんだって、自分で言ってたじゃないですか、あたしは会社でものすごーく嫌われてるカリスマお局なのよ、って」

「嫌われてるカリスマ、ってのはへん」

「そう言ったもん、翔ちゃん」

「あたしはこの歳だよ、もうあと二年で四十の大台だよ。いつまでも、いい子ちゃんでいたんじゃ、逆に居場所がなくなるの。でも寧々ちゃんまだ、三十でしょう」

「二十八。誕生日で九」

「あたしがそのくらいん時は、もっとかわいこぶりっこしてたなあ。まあねえ、毎年毎年、二十二前後のやつらが入って来るんだから、三十ってのは辛いけど」

「二十八っす」

「でもうちと違って、寧々ちゃんとこは出版社でしょう。新卒採用は激少ないんだから、そうそう、下から追い落とされるってこともないじゃない。もうちょっと気楽に構えたら？　経理って仕事はさ、競争して出世を目指す、ってたぐいのもんでもないんだし」

「後悔してるっす。なんでコネなんか頼って入社したかなあ」

「贅沢言ってんじゃないわよ。上場もしてないのに組合が強いせいで、ばっかみたいに給料高いんだから、あんたのとこは」

「出版業界の伝統ですからねぇ」

「そんなことない。ごくひと握りの特権階級なんだよ、あんたたちは。出版業界の七、八割は、組合なんかなくて、信じられないくらいの安月給なんだから。だいたい、卒業の時、どうしても新聞社か出版社に入りたいからって大騒ぎしてたの、自分じゃん」

「そうだけど……経理にまわされるとは思ってなかったもん」

「編集部のない会社はいっぱいあっても、経理部のない会社なんてないの。入社した以上、経理部に配属される人間は必ずいるでしょ。まったく考えてなかった、って方が甘い」

「簿記検定とか持ってないのに？　経理って、スペシャリストの集団かと思ってた」

「寧々ちゃん、あのね」

翔子は、どん、と半分空になった大ジョッキをテーブルの上におろした。

「つまり、今の仕事が嫌なの？　経理部が嫌なわけ？　経理の仕事が自分に向いてない、そう思ってるの？　だったら、転属願いでもなんでも出しなさいよ」

「うちの会社って、そういう習慣、ないのよ」

「それなら辞めなさい」

翔子は、むんふ、と聞こえる音を鼻から漏らした。

「人間関係の相談だったらいくらでも聞いたげる。でも、仕事の愚痴は、聞かされてもあたしに何ができる？　あたしは経理なんてやったことないし、寧々ちゃんは企画なんてしたことない。お互い、もういい歳よ。自分が働いてお金貰ってる分野に関しては、スペシャリストである、って自負持たないといけないんじゃない？」

「それはそうですけど。でも」

「寧々ちゃんの会社ほど恵まれた労働条件を備えた会社が、世の中にどのくらいあると思ってる？　今すぐにだって、寧々ちゃんに代わって勤めたい、って人、ごまんといるわよ、きっと。不満を言うなとは言わないけど、今の仕事が面白くないとかなんとか、愚痴られてもアドバイスしようのないことで愚痴らないでよ。そう簡単に会社を辞めることができないのはわかる。あたしだって、どんなに不満があったって、今のところ辞める気はまったくないもんね。不満があって、でも辞められなくて、それで愚痴が出る、そのこと自体は仕方ない。だけど、それだったら同僚とかと飲んで愚痴りなさいよ。わざわざ、従姉であり人生の先輩であるわたくしめを呼び出して、そんな、非建設的な愚痴を垂れ流されても、あたしのお酒がまずくなるだけなんだから」

あたしは、ぶー、とふくれてみせた。いつもこうだ。世間一般から見て一流とされる総合音楽メーカーに勤める従姉の翔子は、優秀でバリバリで、人生前向きで、憧れだけど、何か相談するたびに怒られる。でもこうやって翔子姉ちゃんに怒られていると、気持ちが落ち着いて、冷静になって来るから不思議だ。それに翔子の声は、ぴりっとしているけれどどこかあったかくて、怒られているのに慰められているような気分になれる。口調は厳しいけれど、翔子には、あたしの気持ちがわかってるんだ、って気がするのよね。

「コネ入社って、そんなに悪いことなんスかね」

あたしはアタリメを歯の間にくわえて言ってみた。

「入ってからちゃんと使いもんになってるんだから、ああだこうだ言われる筋合いじゃないと思うんスけど」

「使い物になってるかどうかは、会社がくだす判断よ」

「査定はAマイナス。普通でCなんだから、役に立つやつ、ってことでしょう?」

「まあね。でも、人の気持ちってそんなもんでしょ。その査定だって、コネで入って来るくらいだからゲタはかして貰ってるんだろう、くらいのことは思われてもおかしくないわよ。寧々ちゃん、そんなことは入る時に覚悟してたはずでしょう? バブルがはじけて女子大生の就職は超氷河期、って言われてた最中だったんだから、同期で入った人たちがどれだけ大変だったか。コネで入社する以上は、やっかみを言われたり陰口を叩(たた)かれたりするのは織り込み済みの話。今になって、やっぱりコネなしで入れるとこにしとけばよかった、なんて言うのは、今現在、恵まれた環境で仕事している人間の贅沢よ。寧々ちゃんの大学の同期だって、大きな会社に入れなくて苦労してる人とか、結局就職できなくてまだフリーターとか、いるんでしょ?」

「そういうの、わかってるんです。贅沢って言われれば、そう思います。だけど、当たり前のことして当たり前のこと言ってるだけなのに、会社側の人間なんだろうって決めつけられたり、遊んでても給料貰えるなんてあてつけ言われたり、そこまでされないとならないもんなんですか? 割り切れないっスよ。だって、あたしがコネで入ったせいで落ちた人は、今、会社にはいないわけでしょ? 今、会社にいる人たちは、あたしがコネ入社したことで、別に損も得もしてないじゃないですか」

「またそういう、言ってもしょうがないことを言う」

翔子は、呆れた、という顔であたしのことを見て、それから、あたしの頭を、いいこいいこ、と撫でた。

「人間って、なんでも合理的に考えて行動できるわけじゃないでしょ。感情ってのは、一足す一が二、って具合に、きちんとみんな同じ答えにはならない。寧々ちゃんが入社したからって自分が損したわけじゃないから、ま、いっか、と考えてくれる人もいれば、自分はあんなに苦労してようやっと入社できたのに、こいつはコネなんかつかって楽しやがって、ムカつく〜、って思う人もいる。こんな当たり前のこと、今さらあたしに言わせないでよ。寧々ちゃんだって、風当たりが強いかも知れない、ぐらいのことは想像してたはずなんだし。それに、社内の人がみんなそんなに意地悪なわけじゃないでしょ？　寧々ちゃんとこみたいな、業界では大手なのに上場してない会社だと、コネ入社があるのは当たり前で、毎年何人かはコネで入る人がいる。会社の人たちだって、いつまでもそんなことネチネチ言ってられるほど暇じゃないはずよ。寧々ちゃん、怒らないで聞いて欲しいんだけどね、もし、いつまでもそんなつまらないことで、ぐちぐちいじめられてるんだとしたら、それはさ、コネ入社だからじゃなくって、寧々ちゃん自身のことが、気にくわないからじゃない？」

あたしは反論できなかった。もちろん、自分でもわかっていたことだし。

「安心しなさい」

翔子は、あたしのあたまをぽんぽんと叩いた。

「会社で嫌われ者だ、って点だけなら、寧々ちゃんなんかまだ、あたしの足下にも及ばないんだから。あたしは嫌われてるわよ~。すっごいから」

「なんでですか。翔ちゃん、美人だし、仕事、すごくできるし、頭もいいのに」

「一言で言えば、あたしはかわいげってもんがないの。でも寧々ちゃんみてると、かわいげがないのは一族の血のせいかも、って気もして来るけど」

「翔ちゃん、うちのおかんのお姉さんの子じゃないスか。母系を一族、って言わないんじゃ。嫁、いってるし」

「いずれにしてもね、社内で嫌われてるからそれで仕事ができない、なんてのは言い訳にならない。むしろ、できる人ほど嫌われる方が普通だし。ま、あたしの場合はね、自分の性格に多少問題があるのは自覚してるけど。多少よ、多少」

「多少、ですね」

「そう、多少。残りの部分は、まあ、かっこ良く言えば、わざと嫌われるようにしてる、って感じかなあ」

　あたしは通りかかったウエイターに焼き鳥を注文してから言った。

「なんでそんなことするんですか？　わざと嫌われるようになんてしたら、仕事、やりにくいでしょ？」

「逆よ」

　翔子は、プハーッ、とおやじのノリで鼻の下についたビールの泡を飛ばした。

「みんなと同じ位置にいる時は、もちろん、嫌われないようにした方が得。でもね、少し高いところに上がってしまうと、事情が変わるの。高いところに上がれば、見える景色が違うのよ、それまでとは。同じところにいた時には気づかなかった、仕事をする上での性格的欠点や、ミスの多さや、そのほか、いろんなものが見えてしまうの。で、さ、会社がわざわざ給料を上げて、あたしをその、少し高いところに立たせたのはね、そうやって見えたいろんなことを、会社に報告しろ、ってことなわけ」

「つまり……査定？」

「わかりやすく言えばね。でも、数値で出る査定だけじゃなくて、いろんな場面で、部下のウィークポイントや性格のゆがみは、会社に報告されてるもんなのよ。ちょっとでも高いところに立ったら、それをしないと自分の立場が危なくなるの。でもさ、寧々ちゃんがもし、とっても好きで仲良くして貰ってて、慕ってる上司がいたとしてよ、その人が寧々ちゃんのあら捜しして会社に報告してる、って知ったら、どう感じる?」

「それは……裏切られた、と感じるかも」

「その通り。人間って、何かを期待してその期待どおりに結果が返って来なかった時は、何も期待しないでいて同じ結果を得る時より、ずっとがっかりする。理不尽だ、納得できない、って思う。そういうものでしょ?　いい人だなあ、すてきな上司だなあ、と思っていた人から厳しい査定をされたら、悔しくて悲しくて、その人を恨むかも知れないでしょ?　でも、普段から、いけすかないやつ、くらいに思ってる上司に低い評価をつきつけられても、やっぱりいけすかない、と思うだけで、裏切られたとは感じないでしょ?」

「だから、わざと嫌われるようにしてるんですか」

「大雑把(おおざっぱ)に分析すれば、そんなところ。もちろん、そんな単純なもんでもないんだけどね。基本的には、会社の仕事ってほとんどがチームワークにその成果がかかってるわけだから、仲良くやっていられればその方がいいに決まってるけど」

「あたしの場合、わざとのつもりないのに、なーんか、煙たがられるって言うか。どこが違うのかなあ、人気者の連中と」

「ま、いろいろ違うと思うよ。あ、大ジョッキお代わり！」

翔子は、焼き鳥の串を横にして、歯でぐっとレバーを食いちぎった。なんとなくワイルドでみとれてしまう。美人の口からレバーの生血。

「とりあえずさ、寧々ちゃん、なんかこう……確かに、打ち解けない雰囲気持ってるんだよね、昔っから」

「浮いてる、ってことっスか？」

「そうね」

翔子はあっさり言った。

「そういうことだね。まず、どうしてそのお化粧、そんなに半端なの？」

「へ？」

「へ、じゃなくって。ファンデだけ塗って、マスカラつけてないし、眉の毛、抜いてないし」

「だって」

あたしはとりあえず化粧ポーチを引っ張り出して、鏡のついているものを探した。

「マスカラとか、嫌いなんだもん。眉も、だめかな、これで」

「だめ。ってか、もし寧々ちゃんがすっごい美人ならオッケー。でもそうじゃないのは自分でわかるでしょ」

「そりゃ、この顔と二十九年つきあってますし」

「半端なんだよ。ファンデだけ塗っているからほら、顔がさ、能面っぽい。で、塗ったあと睫毛とか、ちゃんとコットンに化粧水つけて拭いてないから、おばあさんみたいに睫毛が白髪」

「あ、ほんとだ」

「眉がぼーっとしてて睫毛が白髪で、チークも入れてなくて口紅は色がうすーいリップ系。顔から表情が消えてるのよ。もともとさ、寧々ちゃんって、感情が顔に出ないでしょ。そういう、なんか、ぼんやりしたどうでもいいメイクでその上無表情だと、寧々ちゃんにその気がなくても、雰囲気がね、冷たいってのとは違うけど、なんか、近寄り難いって言うか、浮くんだよね。それなら、すっぴんのがいいよ。寧々ちゃん、肌、綺麗だし。ファンデ、いらないと思う」

「えーっ、でも、ファンデなしってのは、高校生の時以来で」

「試してごらん。日焼け止めだけ塗って。それだけでも、健康的な感じが出ると思う。眉は、ちょっと手入れしてね、それとその髪形だよ。前髪が重たい。老けて見える、ってか、Aガールっぽい」

あたしはちょっとムッとした。Aガールっぽい、と言われるのは心外なのだ。あたしは自分を、アキバ系おたく女ではない、と信じている。弥々はかなり、アキバ系入ってるけど。

「あたしさ、おたく、って嫌いじゃないんだ」

翔子が言った。だからあたしは、おたくと違うんですっ。

「自分の好きなものは好き、周囲がどう見ようと関係ない。それって、むっちゃポジティヴじゃない。そういう姿勢で死ぬまで生きていられたら、人って、かなり幸せなんだと思う」

翔子は半分空になった大ジョッキをくるっと回した。この従姉、かなりの腕力というか、手首力があると思う。

「この歳になってさ、あたし自身は、これが好きっ、誰になんと言われようと関係ないっ、てもん、何も持ってないな、と思うんだよね。まあ強いて言えば、今の仕事は大好きで、一生、企画の仕事に携わっていられたらいいなとは思うけど、会社員なんてしょせんは兵隊さんだもんね、配置替えってのは割と意図的に行われるわけよ。ひとつのとこに長く居過ぎると弊害が出る、とかって上はすぐ考えるから。その場所で働いているのが何より楽しい、ずっとここにいたい、と思ってる社員がいても、それはゆるして貰えない。もっと景気のいい時なら、同じ仕事を続けてできるように、異動になったらさっさと他の会社に移ることもできただろうけど、今はね、そういう時代じゃないし。だからかな、寧々ちゃんのこと、羨ましいなあ、って思うんだよね。素直に。あの、ちまちましたフィギュア作ってネットで売って。寧々ちゃん、ちょっとした有名人なんでしょ、そっち系では」

「フィギュアじゃないですぅ。美少女フィギュア作ってたんじゃ、まんまおたくじゃないスか。あたしが作ってんのは、Nゲージ用の1/150スケールの住宅模型ですう」

「どう違うのかよくわかんないけど、どっちにしたって、変わってるよね。しかもそれがネットで売れるって言うんだから」

「売るつもりじゃなかったんですよ。小さい頃から、ほら、うちのおかんがドールハウスに凝ってたじゃないですか、あれみてて、ちっちゃい人形の家とか作るの好きだったんだけど、ある時ね、交通博物館に行ったんですよね」

「御茶ノ水の？」

「いえ、大阪」

「大阪。なんでまた」

「弥々が甲子園で阪神見たいって言い出して、なんかノリでね、土曜日に新幹線乗って」

「やっぱ変わってるよね、あんたも、弥々ちゃんも。あんたの話を聞いてる限りでは、面白そうな子だから好きだけど」

「土曜日の試合見て、次の日、本場のたこ焼き食べて、そんで海遊館まで行って、もうちょい遊びたいね、ってことで、プールズで泳いで、そしたら駅にあったんですよ、博物館が」

「うん」

「鉄道模型走らせて見せてくれるわけです。で、模型はすごいの。ちっちゃいけどちゃんと走るし。でもね、ジオラマに置いてあった建物がちゃちくて」

「あれなら作れる、って思った」

「そう。それに調べてみたら、Nゲージ用の1/150スケールの住宅模型って、売ってるやつ、すごくちゃちくて三百五十円とか五百円とかするんです。コンビニでお菓子がおまけについてるのでも、四百円前後してました。それで、ドールハウスの材料を流用して作ってみたら、面白くなっちゃって。どうせなら、実在する建物の模型にしようなんて、凝ってみたら、ますます面白くなっちゃって。屋根をはずした中も、徹底してほんものっぽく作って、人とかも入れてみて、生活させたりしたら、もうとまんないっていうか。もともと自分のＨＰは持ってたけど、つまんないＯＬの日記なんかＵＰしてもしょーもないし、って、デジカメで撮った写真を載せるくらいのもんだったんですよね。そこに、住宅模型のコーナー作って写真載せたら、なんか知らない内にアクセスが増えて、問い合わせのメールとか来るようになっちゃって。売る気なんかなかったんだけど、自分でジオラマ作れるほど部屋にスペースないじゃないですか。せっかく作った模型をただストックしとくだけってのがなんかかわいそうだし、マニアのジオラマに置いてもらう方が、模型もしあわせ？　とか思っちゃって」

「けっこう高く売れるの？」

「うーん、材料費かかりますからねぇ。儲からないっスよ。ドールハウスのポリシーって、廃物利用なんですよ。うちのおかんも、瓶の蓋とか、なんかの部品がとれたのとか、そういう細かいガラクタをいーっぱい箱に溜めてるんです。それをどう、何に利用して、本物っぽく見せるかが、腕の競いどころらしいです。あたしもどうせなら、世界に一個しかないオリジナルを作りたいから、既製の部品はあまり使わないんです。だから、廃物利用が主なんですけど、それらを加工する粘土とか塗料とか、そういうもんがけっこう、いいお値段で」

「楽しい？」

翔子の大ジョッキは二杯目がすっからかんだった。この細いからだのどこに、あれだけの水分がおさまったんだろう。

「楽しいんだろうね、寧々ちゃん。その模型作ってる時って」

「そりゃまあ、楽しいですよ。趣味だし」

「きっと、いい顔してると思うよ。模型作ってる時とか、完成したのを眺めてる時とか」

「はあ」

翔子は、ひらひらと手を振ってウエイターを呼び、三杯目を頼んだ。

「寧々ちゃん、いい顔するときっと、すごくチャーミングになるよ。ま、いいんじゃないかなぁ、会社では浮いてても。結局、あたしと違って寧々ちゃんは、会社にいる時の自分と、模型作ってる時の自分、ちゃんと使い分けてる、ってことなんだと思う。あたしみたいに、会社が人生の大部分になっちゃってる人間と、寧々ちゃんみたいな人と、世の中、いるんだよね、同じ会社員でも。寧々ちゃんにとって、会社はさ、生活を保障してくれるための生活費を稼ぐ場所。そう割り切ればいいんじゃない？」

翔子の言っていることは、正しいし、合理的だし、その通りだ、と思った。でも、あたしの中の何かが、それを素直に受け入れて納得させてくれなかった。

翔子と飲むと、ある部分はとてもすっきりするのだが、別の部分が前よりへこんでややこしくなる。多分、あたしは、この優秀な従姉に憧れていると同時に、哀れんでもいるんだろう、と思う。そしてそれは、そっくりそのまま、従姉の側から見たあたしに対する評価でもあるのだ。

ビールでがぼがぼになったお腹を抱えて、昨年からひとり暮らしを始めた川崎のマンションまで、私鉄に乗って帰った。通勤時間、小一時間。それまでは都内の自宅から地下鉄を一度乗り換えて三十分だったので、乗り換えの回数は変わらないけれど、混雑する電車の中に立っている時間が倍になったのは、けっこう、辛い。父親が会社を定年になり、両親共に故郷である三重県の田舎に戻ると言い出した時には、本当に驚いた。確かに、親の田舎が三重だというのは、正月のたびに連れて行かれていたので知ってはいたが、あたしが生まれた時にはすでに両親は東京に住み、東京の人間になりきっていたので、なんとなく、自分も江戸っ子であるかのような錯覚に陥っていたのだ。おそらくは、今、東京で生活している、一見東京人の大多数が、あたしと同じような立場なのだろう。一代前は田舎者。そして、人間は、歳をとると、生まれた土地に帰りたくなるものらしい。

もちろんあたしは、親にくっついて三重に行く気はまったくなかったし、親の方でもそれは期待していなかった。三重とは言っても、両親が生まれ育ったのは伊勢志摩（いせしま）で、観光に行くには悪いところではない。海はきれいだし、伊勢エビや牡蠣（かき）やあわびはすっごく美味。父親の弟夫婦が鳥羽（とば）でペンションを経営していたのだが、気の毒なことに叔母が病死してしまい、叔父ひとりで経営を続けるのは困難になっていた。そんな時に父親が定年になり、再就職するつもりがないなら手伝ってくれないかと誘われたわけである。おかげで一年中いつでも好きな時に、伊勢志摩観光するのに宿が確保できた、というのは悪くなかったが、ひとり暮らしになると家賃や光熱費、食費の負担がどかんと増える、という現実は、相当なパンチとなってあたしを打ちのめした。給料から一定額を親に渡すのと、実際に給料の範囲で家賃を払って食べていくのとでは、まったく違う。親と同居していた頃は、お金がなくなっても外出しないようにさえしていれば、飢えることもないし、冷蔵庫の残り物でお弁当持参してランチタイムも乗り切れた。が、ひとりで暮らしてしまうと、魔法の冷蔵庫がなくなってしまうのだ。それまでは、自分で買わなくても何かしら食べ物が中に入っていた大型冷蔵庫のない暮らしは、想像を超えて過酷なものなのである。

　ひとり暮らしの先輩である弥々からその点を念押しされていたので、あたしは、都内に住むことを諦（あきら）めて、家賃が比較的安い川崎にターゲットを絞り、なんとかかんとか、我慢できる広さと設備のある部屋の契約をすることができた。しかし、毎日の通勤ラッシュの地獄は、ちょっと想定外であったのだ。

ビール腹で満員電車にぎゅーっと押し潰されたまま我慢し続けて、やっと駅についてホームに吐き出された時には、すっかり気分が悪くなっていた。駅のトイレに駆け込んでみたが、こういう時に限って出ている清掃中の札。仕方ない、マンション、とは名ばかりの、アパートに毛の生えたようなあたしのワンルームまで徒歩二十分。我慢しちゃおう。

駅の外に出て、ゆっくりと深呼吸を三回すると、少しだけ気分がよくなった。よし、これならなんとかなる、と、歩き出した途端、あたしの足は固まった。

小林樹。

なんであいつがこの駅にいるの？

えー、っと。女連れだよ。しかもあの人って……あの人って……経理部の島(しま)係長。

あたしの、上司じゃん。

まずいよね。このシチュエーションはまずい。

3

あたしは、目を伏せ、絶対に小林にも島係長にも気づかれないよう、ぐるっと迂回して駅を出た。しかし、なにぶんにも私鉄の小さな駅なのだ。駅前のロータリーは、最終バスを待つ人で混雑しているが、人の列以外には視界を遮るものがなく、小林と島係長が立っている場所から、あたしがこそこそと歩いている場所は、顔さえ向ければ丸見えの位置である。そう言えば、島係長も川崎に住んでるとか言ってたっけ。あまりぺらぺらおしゃべりする人ではないので、プライベートなことを互いに知る機会はほとんどなかった。二年くらい前に、中途採用で入った人だが、簿記一級を持っていて、短大を出てから二十年近く経理畑一筋で、今は公認会計士の勉強もしている、という、経理部OLのエリートだ。しかし……あの人、既婚者だよ〜。

小林樹もまた、なんで、係長の地元であんな、一目見ただけでややこしい関係だってわかるような風情で立ちどまってんのかなあ。不倫は当人たちの勝手だけどね、目撃させられる知人の立場ってのも、ちょっとは考慮して欲しい。ビールでたぷんたぷんしていたお腹が、緊張のあまりか硬くなっちゃった気がする。かなり気分が悪くてもどしそうだったのに、それもひっこんだ。あたしはまるで、空き巣に入って裏口から逃げる泥棒みたいに、足音すらたてないように、それでいて可能な限り速く足を動かして、その場から遠ざかった。

　でも、あたしの視界から二人の姿が消える直前、あたしは見てしまった。見ちゃったのだ。

　島係長は泣いていた。明らかに、あれは泣いている顔だった。くしゃっとゆがんで、遠目にも、口元を押さえる手が震えているように動いて見えた。そして、係長は背中を向けて走り出した。その腕を小林樹がとろうとして、はねのけられた。拒絶された。小林樹は動かなかった。係長はタクシー乗り場にたどり着き、客待ちしていた車のドアの中に消えてしまった。

　修羅場。という単語があたしの頭を横切ったけれど、だからって、立ち止まって見物しているわけにはいかないし、第一、なぜだかわからないけれど、あたしはひどく憂鬱（ゆううつ）になってしまったのだ。走り去るタクシーのヘッドライトに浮かびあがった小林樹の顔は、とても、とても……悲しそうだったから。

　あたしはぼんやりしたまま、マンションにたどり着き、自分の部屋のドアを開けた。誰もいない、誰も、おかえり、って言ってくれない、ひとり暮らしの部屋。親と暮らしていた頃は、その、おかえり、のあとに続くいろんな言葉がすごく鬱陶しかった。遅かったのね、あら早かったじゃない、ご飯食べたの、まあ食べてないの、連絡して来ないからおかずないわよ、えっ、食べて来ちゃったの、せっかく用意したのに、こんなに遅くなって何よお酒臭い……

　今、あたしは、すごくビール臭い息を吐き、靴を脱ぎ散らかし、化粧も落とさずに、ソファにごろっと横になっている。それでも、誰も何も言わない。この部屋にはあたしひとり。

　会社で働くことを、生活費を捻出する手段だと、割り切る。

　翔子姉ちゃんの言うことは正しい。と言うか、その方が楽だ。どうせあたしは、翔子みたいに出世はできないだろうし、しぶとく会社に居続ければ、なんとなく係長くらいまでは上がっちゃうのかも知れないけど、それだって、実力のためじゃなく、ただ、歳をくったというだけのことなのだ。経理の仕事がすごく楽しい、だなんて、とっても言える状況じゃないし、実際、ちっとも楽しくなんてない。他人の出張精算書を眺めるたびに、あ、こんなホテルに泊ってる、あ、こんな店で食事なんかして、接待だな、いいなぁ、わ、ここって観光地じゃん、仕事してんのかいな、なんて、ただ、羨ましい、という思いだけが積もっていく。精神衛生上も、よろしくない。

でも、いったい、割り切る、ってどういうことなんだろう?

ビール腹が収まって来ると、つまみをろくに食べなかったことに気づいて、お腹がこころもとなくなった。いつもは駅からマンションに戻る途中でコンビニに寄って、おやつと、明日の朝ご飯に食べるサンドイッチか何か買って帰る。でも今夜は、あたまの中が半分パニックで、そんなことすっかり忘れていた。魔法の冷蔵庫を懐かしみつつ、ひとり暮らし用の小さな冷蔵庫を開けると、やっぱりろくなものは入っていない。小さなキッチンをひっかきまわしたらチキンラーメンが出て来たので、半分に割り、半分は明日の朝ご飯用にして、残り半分を丼に入れてお湯を沸かした。

生活費を稼ぐため、と割り切る。それって、会社の中では死人みたいに生きる、ってことなんだろうか。いや、死人みたいには生きられない、ってか死人は生きられないんだけどね、だからつまり、必要なことしか喋らず、余計なことは考えず、精算書のちょっとしたごまかしだとか、領収書の日付の改ざんだとかには、気がつかなかったふりをして、ひたすら電卓を叩いて、上司や同僚には愛想笑い、ランチタイムも適当にみんなに付き合って仲間はずれを予防して、飲み会にもたまには出て、大嫌いなカラオケにだって、とりあえず月に一回ぐらいは行ったりして。やってできないことはないだろう。あたしだっていつまでもガキじゃない。世間並みに周囲と足並みを揃えて見せる真似くらいは、たぶん、できる。

できるだろうけど。

お湯が沸いたので、チキンラーメンに注いで、お皿で蓋をした。

残業なしで定時出社定時退社したとしたって、朝の九時から夕方五時まで、一日八時間、週で四十時間、月に百六十時間もの長い間、そうやって死んだふりをし続けたとしたら、あたしの人生って、死んだふりって言うより、死んでるのとそう変わらなくなっちゃうんじゃない？

ほぼ死体の人生を支えるために、毎朝、あの苦行を我慢して満員電車に乗り、振込まれる給与の額だけ楽しみにして、そして週末に、1/150の住宅模型を作っている時だけ生き返るゾンビ。

チキンラーメンは、すぐになくなった。四口くらいしかなかった。あたしは、ラップにくるんだ残り半分のラーメンを眺め、十秒考えてからそれを丼に入れて、もう一度ガスに火を点けた。

島係長は泣いていた。小林樹は悲しそうな顔をしていた。あのふたりは、ゾンビじゃない。会社の中にいても、人間として生きている。不倫して、苦しんで、別れましょう、と泣いている。不倫がいいことだなんて思いはしないけど、あの二人は、互いの存在をあの無機質な高層ビルの中で毎日感じて、全然来ないエレベーターにイライラしながらも、そのドアが開いた時、中に、自分が愛する人間が乗っているんじゃないか、と、心おどる期待をしていたんだ。

あのふたりにとって、月に百六十時間は、他のどんな時間よりも、自分が生きていることが確認できる時間だったんじゃないだろうか。

もちろん、だから余計、これからの日々が苦しいのだろうけれど。生きていることを実感した分、痛みも実感しないとならないのだろうけれど。

残り半分もすべて食べたら、ちょっと胸焼けがした。消化薬を飲んで、丼をかたづけ、シャワーをあびて、髪にタオルを巻いたまま、作業机の前に座った。

あたしの世界。作業机の上で、完成されるのを待っている、小さな世界。現実の百五十分の一しかない、世界。

でも、この小さな世界の中で、あたしは一〇〇パーセント、生きている。楽しんでる。

細かなガラクタをためてある箱を開け、欠けた陶器のかけらを指でつまんだ。これは何になる？　何に見える？

粘土、塗料、接着剤の匂い。カッターの刃のにぶい光。小さなペンチの尖った先っぽ。

あたしにだって、胸がときめく、って世界は、ここにちゃんと、ある。

そして、この小さな世界を造っているあたしの外側を覆う大きな世界は、やっぱり、切り離された別の宇宙なんかじゃないんだ、と思う。あたしは大きな世界の一部で、この小さな世界はあなたの一部で、そして同時に、この小さな世界の一部があたしで、あたしの一部が、あたしを取り巻く大きな世界なんだし。

死人のふり、なんて、したくない。会社にいる時だって、あたしは、生きた人間でいたい。翔子姉ちゃんだって、そのために、会社の中でも自分で居続けるために、痛い思いをするとわかっていても、鼻の下の泡を吹き飛ばしてつっぱって、毎日会社に通ってるんだから。きっと。

本気で言ったんじゃないんだ。あたしは、プラスチックのかけらにやすりをかけながら思った。翔子は本気で、会社では死人になれと言ったんじゃない。翔子は呆れていたんだ。あたしがあんまり、半端だから。甘ったれだから。

小林樹の悲しそうな顔を思い出したら、なんでだか、あたしまで泣けて来た。別にいいや、この部屋には他に誰もいないんだし、泣いたっていいや。

日付の違う領収書。七千三百五十円。あれを書いていた時も、あいつは島係長のことを心に思い浮かべていたんだろうか。苦しい恋。目の前にある別れ。今夜、あの男は、どんな時間を過ごすんだろう。どんな時間を過ごしたとしても、明日は火曜日で、会社はいつもの通りで、あいつは出社しないとならないし。

あたしは泣きながら、ひたすら手先を動かして、模型を作った。作り続けた。いつの間にか夜が明けて、窓の外が青くなって、それから白くなって、大きな欠伸がひとつ出たところで、あたしの掌の上に、またひとつ、新しい世界が完成していた。

＊

「ゾンビ」

弥々が、開口一番、言った。

「なんて顔。ちょっと、コンビニ行って花粉症用のマスク、買って来た方がいいよ、寧々」

「あたし花粉症じゃないもん」

「あれだと顔が隠れるんだってば。そのものすごい顔で、社内うろうろされたら、かなりな勢いで公害だから、まじ」

「うるさいっつーの。ついつい、夢中になって徹夜しちゃったの」

あたしは、言って、バッグからそれを出して、掌の上に載せた。

「うわっ、かっわいいーっ。すごい、これ、寧々ちゃんが造ったの？」

弥々は、子供みたいな顔で、あたしの掌の上のものを見つめている。この瞬間が、あたしはとても好きだ。誰かがあたしの造った小さな世界を見て、感嘆の声をあげる瞬間が。

「これ、あたしにちょうだい！　材料費くらい出すから」

「だーめ。これは行き先が決まってんの」

あたしは未練がましくつきまとう弥々を振り切って、経理部の部屋へと入った。おはようございます、の声がいくつか交差している、いつもの朝の景色。

島係長は、少しだけいつもより蒼ざめていたけれど、それでも、にっこり微笑んで、あたしに挨拶（あいさつ）してくれた。あたしは挨拶しながら島さんの席の前に立ち、掌を開いた。

「あらっ」

島さんは、瞬（まばた）きして、それから、にっこりした。

「すてき。そう言えば、高遠さん、Nゲージ用の住宅模型を造るのが趣味だって言ってたわね」

「憶（おぼ）えていてくださいました？」

「ええ。だって、うちの上の息子もね、この頃、鉄道模型にはまっちゃってて。これ、S駅の前のロータリーにある、焼き鳥屋さんの屋台？」

「はい。島さんもS駅でしたよね」

「そうそう。そうか、あなたもだったわね。不思議ね、同じ駅を使ってるのに、あまり会わないわね。そうか、わたし、いつも、下の息子をA駅近くの保育園におくって、それから急行に乗っちゃうから」

「これ、よかったら、息子さんにどうぞ」

「え、でも」

島は笑顔のまま戸惑って、模型を自分の掌に移した。

「こんなよくできてるものを……悪いわ。材料費だってかかってるんでしょう？」

「たいしたことないです。廃物利用ですから、ほとんど」

「嬉しいわぁ。上の子、自分の部屋に小さなジオラマつくってるんだけど、住宅模型ってけっこう高いし、コンビニでねだられるときりがないし、買ってあげたことがないのよ」

「どうぞどうぞ。なんとなく、ゆうべ、造り出したらノッちゃって、徹夜しちゃったんですよ」

「あらら、それでそんな、目の下にクマ？　大丈夫？　仕事」

「大丈夫です。趣味で徹夜したからってミスってたんじゃ、ＯＬ失格ですからね。今日は、いつもより正確に叩きます、電卓」

島は笑った。なるほど、今まで気づかなかったけど、この人、なかなか綺麗なんだ、と思った。


焼き鳥屋の屋台をひとつ造る間に、たてた計画があった。あたしは、持参したデジカメを、そっと自分の机の上に出してみた。

会社の模型を造ろう。ワンフロアずつ、ちゃんと中に人がいて働いている、そんな模型。細かいところまでそっくりに。丁寧に。

その小さな世界の高層ビルの中で、エレベーターを待ったり、領収書をごまかしたり、不倫したり、そんなことが今にも起りそうなほど、リアルな模型を。きっと、ものすごく時間と手間がかかるだろう。何年もかかるだろう。でもそれを造っている間、あたしは会社の中でもゾンビじゃないし、そうやっていつか、それが完成する頃には、きっと、あたしがここで、この高層ビルの中で何をしたいのか、何をしたらいいのか、どうやって生きていきたいのか、生きていけばいいのか、その答えが出ているような気がするのだ。

きっと。

誰にもないしょの火曜日

1

店を出て、財布を覗いて、大きな溜め息が出た。

二万三千五百円。高い。高すぎる。

普通の髪の毛だったら、シャンプーとカットとヘアマニキュアとトリートメントでも、きっと、一万八千円くらいでなんとかなるんじゃないだろうか。何しろここは青山じゃないのだ。川崎の新興住宅地近くの私鉄駅前、モスバーガーとコンビニと笑笑と、私鉄の関連会社が経営しているスーパーしかない、田舎っぽい町の美容院なのだ。

なのに、この値段はなに？　なんなのよ、いったい。

どんな硬い髪質も、しっとりとやわらかな手触りに変わります。って書いてあったから、うっかり頼んでしまった、スペシャル海草トリートメント。まさかとは思ったけれど、本当にワカメの匂いがした。そのワカメを練ったみたいなクリーム状のものを髪の毛にべったりと塗り付けられて、その上から、赤外線だかなんだか、熱の出る丸い輪みたいなもので照らされて二十分。真夏の海の浅瀬で、お風呂みたいにあったまった海水で溺れているような息苦しさとワカメ臭さの中、じっと耐えて、二万三千五百円。これで効果がなかったら、死んだ方がましかも知れない。だから怖くて、まだ、自分の髪が触れない。

ほぼ空っぽになった財布をバッグにしまい、とぼとぼと自宅に向かって歩いた。残業を一時間ばかりしてから会社を出たので、駅前で美容院に寄ると、もう、九時を過ぎている。それでも、今日が火曜日だったことに気づいて、あたしは意外な思いを抱いていた。昔から、火曜日って、美容院は休みの日じゃなかった？　でもあの美容院は、年中無休、と書いてあったっけ。チェーン展開の店なので美容師さんのやりくりができるからそんなことも可能なんだろうけれど、業界の慣習みたいなものも次第になくなりつつあるのかも知れない。世の中は、自由競争一辺倒。それがそんなにいいものだとは、あたしには思えないんだけどね。

子供の頃から、他人と競争するのが苦手だった。競争でなければ、他の子供と同じことができないわけではないのに、さあ、競争ですよ、と言われて、よーい、どん、とされると、途端にからだが硬直したり頭がパニくったりして、何もできなくなってしまった。どうしてあんなにいちいち、他人と競争なんかしないとならないのか、まったく理解できずに育った。今でも、何につけても競争は苦手だ。幸い、経理部、というところにはたいした競争はない。簿記一級とか税理士資格などを取得することは奨励されているが、課長以上の役職を目指さない人間にはあまり関係がない。大きなミスをしないよう気をつけて仕事してさえいれば、年齢昇級で毎年少しずつ給与も増える。営業職などから見れば、随分とお気楽に見えるんだろう。が、経理部員として順調にやっていくには、営業で頭角を現すのとはまた別の才能が必要なのだ。ルーチンも延々と繰り返される非生産的な仕事に対して、飽きず倦(う)まず、手を抜かず、いつも同じような正確さで対処し続けなくてはならない。つまり、忍耐が必要なのだ。耐え忍ぶ秘めた力を持たない者は、経理部では役に立たない。なんだかんだ言ったって、経理部のない会社なんか存在できない。部として独立はしていなくても、必ず誰かが電卓を叩(たた)いて数字と格闘し続けなければ、会社、という組織は崩壊してしまう。出張精算書ひとつ期限までに提出できないような、しかも、簡単な足し算をものの見事に間違えて平然としているような雑な神経では、経理部員は務まらないのである。

と、あたしはひとりで胸を張りつつ、軽い財布を気にしながらコンビニに寄った。寄らないと、今夜と明日の朝に食べる物がない。

何しろ二万円以上もワカメトリートメントにつかってしまったあとだったので、百五十円のおにぎりでさえが、これひとつで百五十円は高いよな、というネガティヴな感想へと繋(つな)がっていく。隣に百二十円のおにぎりも並んでいて、三十円の差がとてつもなく大きく感じられる。とにかく、五百円以上はつかえない。そう決意して店内を一周し、三百五十円の巻き寿司(ずし)と百二十円のコロッケ、それに、タイムサービスで半額になっていたクリームパンをひとつ買った。しめて五百五十円也(なり)。五十円のオーバーである。悲しい。しかし、確か冷蔵庫の中にキャベツが残っていたはずなので、炒(いた)めておかずにすれば、これでなんとか、栄養はとれそうだ。牛乳は昨日買ったばかりで、まだ明日の朝の分は残っているし。

コンビニ袋をぶら下げて、溜め息をつきつき、自宅を目指した。家賃の問題から、駅から徒歩十分以内のところに部屋を借りるのは無理だった。二十分以内、と条件をゆるくしてやっと見つかった。でも途中に上り坂があった。それでも契約してしまったのは、駅とマンションとの間にコンビニがあったから。たとえば雨の日、満員電車で疲労困憊(こんぱい)のからだをひきずって二十分歩くのは辛(つら)い。でもその途中にコンビニがあれば、ちょっと雨宿りして気力を回復できる。

でもこれって、落とし穴だったかも。あたしは、コンビニの袋を横目に見て思った。今日もコンビニ昨日もコンビニ、明日も明後日もコンビニで買い物。これ、絶対、不経済だ。駅に隣接しているスーパーで買えば、卵だって牛乳だって、二割は安い。それに野菜も丸ごと売ってるから、買ってしまえばつかわざるを得なくなって、必然的にちゃんと自炊するようになるに違いない。一ヶ月の単位で考えれば、経済的にも栄養的にも、コンビニよりスーパーの勝ちに決まってる。しかしもう、駅のスーパーでどっさりと買い物した袋を両手に下げて、上り坂をクリアしつつ二十分歩く習慣など、今さら、つけられない。からだも心も、コンビニに馴染(なじ)んでしまったのだ。

巻き寿司にコロッケとキャベツ炒め、か。明日の朝は牛乳とクリームパン。最低というわけじゃないと思う。世の中には、ポテトチップスとチョコレートだけで生きている女だっている。栄養学の先生に褒(ほ)められそうな献立をたててせっせと自炊したところで、こんな煤煙(ばいえん)だらけの東京で暮らしていれば、どうせ長生きなんかできないだろうし。でもなぁ。

ひとり暮らしなのだから当たり前、そう思っても、誰もいない真っ暗な部屋に入ると朝からずっと動いていなかった空気がむっと鼻にまとわりついて、みじめな気持ちに拍車がかかった。

　あかりを点け、コンビニの袋から食べ物を出して小さなテーブルに並べる。ソファテーブルなのに、ひとりで食事をするには充分な大きさ。通販で買ったウレタンソファは、ふわんふわんし過ぎてお尻の座りが悪い。結局、ソファの前にぺたんと座って食べることになる。牛乳は明日の朝にとっておかないとならない。代わりに、ガラスのデキャンタから麦茶をコップに注いだ。朝出かける前に、水出しインスタントの麦茶パックを水道水に放り込んだもの。

　テレビのリモコンを手にしてみたが、画面に出て来たアナウンサーが、いきなり、小学生が殺された事件の話を始めたのでスイッチを切った。

　切りそろえられた巻き寿司をひとつ食べてしまってから、キャベツ炒めを作っていないことを思い出した。もうめんどくさい。でも、少しは野菜を食べないとまずいんじゃないかしら。コロッケだってじゃがいもなんだから野菜だけど。ま、いっか。明日の朝、キャベツを炒めよう。クリームパンとは合わない気がするけど。まずくはないけれど、おいしいとも思わない夕飯。そそくさと済ませて容器をゴミ箱に入れ、シャワーを浴びる。浴槽に湯をはって、ゆったりとお湯につかろうかとも一瞬考えたけど、入浴剤を切らしているのを思い出してやめにした。やっと、シャワーだけで済ませても風邪をひきそうな感じはしなくなって助かる。これからほんとの少しの間だけは、暖房も冷房も必要のない、いい季節だ。

濡れた髪をタオルで無造作に包み、タオルがほどけるのが鬱陶しいので、端っこをひっぱって無理に結ぶ。寝巻き代わりの薄いジャージ上下を着て、化粧水をつけようと鏡を覗き、その、あまりにも色気のない姿に自分でしばし呆然とする。が、いつまで呆然としていたって色気が出て来るわけじゃないんで、諦めて化粧水をつけ、クリームを塗り、もう鏡は見ないことにして居間に戻った。

あぐらをかいて座り込み、ノートパソコンのスイッチをオン。自分のＨＰがたちあがる。これみよがしにカウンターを付けるのはあまりにも恥ずかしかったので、ＨＰのオーナーにしか見えないカウンターを貼り付けてある。この二十四時間のアクセス数は四百とちょっと。まあまあだ。四百人くらいがたまに見てくれるＨＰ、まあそんなもんが、ちょうどいい線だと思う。メールをチェックしてみると、最新作としてＨＰに一昨日載せたばかりの焼き鳥屋の屋台に、すでに問い合わせが七件も届いていた。価格を発表して欲しい、という内容ばかりだ。あの焼き鳥屋は、上司の島さんにあげてしまった。非売品、とちゃんと書いておいたのに。仕方なく、ＨＰのファイルを呼び出し、非売品の文字を、友人に譲渡済、に訂正して再度ＵＰしておく。他のメールはろくなものがなかった。スパムが十二通、ＨＰを見た鉄道模型おたくから二通、内一通は、Ｎゲージ用の模型なんだから、家の内部なんかを細かく作っても意味がない、というご意見。ほっとけ、タコ。あたしゃ、おまえらの為に模型作ってんじゃねーっつーの。どうしておたくって奴らは、自分がしてることに干渉されるとむくれるくせに、他人のしていることにはしつこく干渉し、自分の意見を押し付けないと気が済まないんだろう。だから嫌いだよ、おたくは。が、しかし、世間一般から見ると、あたしも充分、おたく、なんだよな、たぶん。そう考えると、どんよりと情けない気持ちになった。それでも、あたしの模型の熱烈なファンです、みたいなメールが来ると、やっぱり嬉しい。基本はドールハウスなのだが、それを1/150のスケールにして、Ｎゲージのジオラマに置けるようにしたのがアイデアだ、と、自分でも思っている。通常のドールハウスよりもずっとスケールが小さくなるので、ドールハウス作品として見ると、ちょっとちまちまし過ぎているのだが、その分、飾るところを選ばないので、鉄道模型に興味のない人からも買いたいというメールが来る。中の人形や家具、食器などを固定しないで、いじって遊べるようにしたら、という意見も来るが、あまりにも小さいので、固定しないでおくとちょっとした振動で倒れてしまう。ドールハウスと考えると邪道なのだが、仕方なく、家具調度や食器、人形などは、接着剤でとめていた。

メールを読み終え、通勤用ショルダーバッグの中のデジカメを引っ張り出し、SDカードをカメラから抜いた。カードリーダーをパソコンに繋いで、リーダーにSDカードを差し込む。マシンがリーダーを認識したらすぐ、読み込みボタンを押すと、データの転送が始まる。ここ二ヶ月、毎日デジカメを持って通勤し、同僚の目を盗んでは社内の様子を撮影している。親友の弥々（やや）は知っているが、他の誰にも話していないし、みつかると、写真なんか撮って何に使うんだとうるさく詮索（せんさく）されるので、とにかくこっそりと撮っている。まるで盗撮魔。しかし転送される写真データはどれもこれも、盗撮魔が喜ぶようなアブナイものではなく、ごくごくありふれた社内の日常光景ばかりだ。コピー機が詰まって文句を垂れている派遣の女の子や、宅配便の人と話をしている総務部の人、何かに遅れそうになってエレベーターの前で足踏みしている人、ランチタイムが終わって、三人連れできゃあきゃあと楽しそうな人々。人間が写っていない写真も多い。エレベーターホールや廊下、物置になっている部屋、会議室、応接室、守衛さんの窓。チャンスがあった時に撮れる場面をとにかく撮るので、その日に撮ったものだけ眺めると脈絡も秩序もない。とにかく、会社の中だ、というだけが共通点だ。いや、会社の外の写真もある。正面玄関や通用門を外から撮ったもの、鏡のように光を反射している窓、アップになった会社名。

壮大な計画だった。社員数八百人超、三十八階建ての高層ビルがまるごとひとつの会社なのだ。世間一般の大企業からすれば、しょぼい、という規模かも知れないが、しょぼいのがスタンダードの出版業界では、最大手、とされる会社のひとつである。それを、そっくり、模型にする。それが、あたしが立てた計画である。もちろん、従業員全員を再現するのは不可能だし、そんなことをしていたら来世にまた生まれ変わっても時間が足りなくなりそうなので、人間は二百体程度にとどめるつもりだ。しかし建物は、可能な限り実物そっくりに作りたい。それにしたって定年まで勤めても間に合うかどうか自信がないので、今のうちに社内の細部まで写真に撮って残し、その写真をもとにして作っていくことになる。つまり、今現在の会社の姿を、模型に閉じこめて縮小保存するわけだ。もし定年まで勤めることができたとして、その頃にその模型を見て、あたしは何を思うのだろう。どう感じるのだろう。それが知りたい、ただそれだけが動機で思いついた計画だった。しかし、写真を撮るだけでもこれが半年はかかりそうな勢いで、いったいいつになったら、具体的な製作に入れるのか先が思いやられる。それでも、焦(あせ)るつもりはなかった。焦ったところで、今住んでいるこの部屋では、どっちみち、そんなばかでかい模型を置くスペース的ゆとりなどないのだ。

建物の外側を作るのはいちばん最後になる。その時までに、模型用に一部屋用意しないとならない。今と同じ家賃で一部屋多くとなると、もっと田舎に引っ越さないとならないけれど、それはできれば避けたい。今より一部屋分家賃を多く払う為には、一割以上の増収が必要。いずれにしても、来年の昇給までは引っ越しなんて無理だ。まずは、一フロアずつ中身を作って、そのフロアに置く予定の人を作る。二百体のミニ人形を型から手作りするのはあまりにも大変なので、芯となる基本型は市販のものを使うことにした。年に何回かは模型店やネット通販でバーゲンがあるので、その時に買いだめしておくつもりだ。プラスチックの小さな小さな人形に、粘土で立体感をつけ、髪の毛や服を作って貼り付け、唇や目を彩色する。すべてピンセットと拡大鏡が必要な作業である。ポーズをとらせる為には、基本型の手足を一度切り離し、それらしいポーズにつけ替えなくてはならない。場合によっては首も。後ろを振り返ったポーズなんかもとらせたいしね。コピー機や事務机は、質感が難しい。実物と同じ素材の金属で作れば簡単だが、そんな小さなスティールなど都合よく手に入らないだろうし、塗料でそれらしい質感を出すのも醍醐味である。

などなど、写真データを転送しながら考えていると、幸せが足のつま先の方から心臓に向かって、ゆっくりとのぼって来る気がした。

　結局、あたしも立派なおたく、ってことなんだろうな。

　似合いもしないコスプレにはまってる女とか、弥々みたいにBL小説ばっかり漁(あさ)ってる女とか、そういう連中と自分とは違うんだ、って、懸命に思うことにしているけど、その実、自分がどちらの側に属する人間なのかは、自分でよくわかっている。他の何をしている時よりも、こうやって模型の小さな家を作る為に作業している時が楽しい。この気持ちは偽りようがない。

　写真の転送を終え、もう一度ネットに繋いだ。寝る前に、昨日から試作にとりかかった事務机をより本物らしく見せるアイデアはないか、ネットで探してみるつもりだった。会社の中で、事務机と事務椅子(いす)は、もっとも数の多いアイテムになる。それらがより本物らしく見えるかどうかで、今度の壮大な計画の成否は半分、決まる。

　しばらく、そのままの姿勢でインターネットを眺め続けた。これは、と思うアイデアはなかなか見つからない。そもそも、模型をやる連中は、自分だけの秘技を公開してくれたりはしないものだ。ネットに公開されている程度のテクニックは、とうに常識の範疇(はんちゅう)。それでも、新しいセラミック粘土の情報が少し手に入った。セラミック粘土は、作ったものをオーヴントースターで焼いて乾かさなくてはならないのでちょっと面倒なのだが、陶器そっくりの質感が出るので、花瓶のようなものにはやっぱり使いたい。迷っているのは人形の衣類だ。彩色だけでやってしまう方が簡単だが、本物の布を使いたい気持ちもまだ残っている。あまりにも小さいので、服を作って着せるのは無理だが、粘土で形をとって、その上から布を貼り付ければ、なんとかなるかも知れない。いずれにしても、男女一体ずつ試作してみて決めよう。接着剤のメーカー別の使い勝手を細かく報告してくれている、美少女フィギュアおたくのページはいつも役に立つ。メールでお礼のひとつも言ってあげようかな、という気持ちもないではないけれど、美少女フィギュアおたくと友達になりたいとは思わないので躊躇してしまう。ま、向こうだって、ブスでぺちゃ胸のドールハウスおたく女なんかと友達になりたいとは思っていないだろうし。でも、ほんとにこいつ、親切だよなあ。『うさぎ屋さんの人形の館』という、いかにも、いかにも、なネーミングのページなのだが、主宰者の、うさ太郎冠者（このハンドルセンスもどうなのよ）は、初心者のフィギュア作りに必要な基本技術を実にわかり易く解説してくれていて、メールでの質問にも、いちいち丁寧に答えている。接着剤のメーカーによる特異性など、美少女フィギュア以外の模型マニアにもすごく役に立つ。カッターナイフの使い方なんかも、写真で丁寧に解説してあるし、まるで、模型教室の先生みたいだ。こんな情報を無料で公開してくれる奇特な人がいるんだから、インターネットってのはすごいよな、とあらためて思う。もっともその分、悪いことを考える奴とか、他人を陥(おとしい)れることに快感をおぼえる奴らもごっちゃらと棲息(せいそく)しているわけで、功罪共に巨大、というのが実態なのだろうけれど。

うさぎ屋さんの人形の館、から、リンクしてある模型材料店のＨＰに飛ぶと、なんと欲しかったプラスチック粘土のバーゲンをしていて、商品明細に飛んだらそこは巨大ネットモールの一部だった。首尾よく粘土を注文し終えて、なんの気なしにネットモールのトップページに移動してみると、さらにバーゲン情報が満載で、婦人下着、という項目に目が行った。そろそろ夏用の下着を買わないと。汗っかきというほどではないが、汗でからだが濡れるのが大嫌いで、夏は汗とり用の下着がかかせない。マウスをぽちぽちさせながら、いくつも並んでいるネット通販下着店の案内を読んだ。そして、なぜなのか、いつもなら絶対に覗かないページへとジャンプしてしまった。

輸入高級下着専門店。総レース、シルク、パール付きもあります……

あたし、なんでこんなページ、見てるわけ？

物事には、はずみ、ということがあるな、とあたしは思う。まさに、これは、何かのはずみだ。

そこには今までの人生で、あたしとはまったく縁のなかった世界が広がっていた。純白の総レースに飾られたブラジャー、クリーム色の光沢がなまめかしい絹のパンティー、花模様のピンク色の生地に、大きなピンクのリボンが胸元についたネグリジェ。こんなもの着るのって正気の沙汰とは思えない。思えないけど……でも……

あ。

はずみ、というのはおそろしいものである。なんと、あたし、今、注文ボタンをクリックしちゃわなかった？？？

やっちゃったよ、これは。だって画面に、ご注文ありがとうございました。確認のメールをお送りいたします。って出てる。

慌てててメーラーをたちあげ、メールチェックした。届いた。注文確認メール。信じられない。しかし、現実なのだ、これは。

ぽちっ、と買ってしまったものは、白いレースのパンティーだった。一枚で、なんと、三千円もするっ。お揃いのブラジャーまで注文している。セット割引で、合計、一万円ちょうど。

一万円っ。

正気を失ったとしか思えなかった。慌てて、商品をキャンセルしたい方は、という項目に続いて載っているURLをクリックする。ブラウザが表示したのは、クーリングオフのお手続きについて、というページだった。でも発送前にキャンセルする方法がどうしても見つからない。どこかに書いてはあるんだろうけど……うーん。商品が届いてからのキャンセルはクーリングオフが適用されるので可能、ただし返送料はお客様負担。まあ仕方ないか、届くまで待って、それで送り返すしかないね。どう考えても、こんなもん、あたしには必要ないもんなぁ。

2

「悪夢だね」

弥々は、あたしの携帯画面に写っているモノを見て大袈裟(おおげさ)に頭を抱えた。

「これを着てるあんた想像したら、食欲なくなった」

「じゃ、それちょうだい」

あたしが弥々の前に置かれた皿から、ブルーベリー・ベーグルを取ろうと伸ばした手の甲を、弥々はぴしゃりと叩いた。

「結局、キャンセルしなかったってのは、どういう了見なのよ」

「了見、と言われましてても。それ、おいしそうだよねー。あたしもブルーベリーにしたらよかった」

「これ、おいしいけど、挟んであるクリームチーズが太るんだよ」

「だったら弥々、食べない方がいいんじゃない？　いやさ、ほんと、届くまでは絶対にキャンセルする、と心に誓っていたわけよ。でもさ、箱を開けて中から取り出してみたら、これが、綺麗なのよ」

「そりゃ綺麗でしょうよ。だけどね、これ、額に入れて部屋に飾っとくわけにはいかないんだよ。いくら綺麗でも、ブラジャーとパンティーを額に入れて飾ったら変態だからね」

「だから着ればいいわけでしょ、着れば。フランス製のレースだってなんだって、パンティーとブラジャーであることには間違いないんだから、本来の用途に使えば問題ないじゃん。どうせ外からは見えないんだし」

「一万円の下着つけて会社に来る、ってのの、寧々ちゃん」

「そのくらいの下着、つけてる連中はいっぱいいるって。あたしらがそういうとこにおカネをケチり過ぎなのよ。イトーヨーカドーのバーゲンで三枚千円のパンティーばっか買ってます、なんて、うちらの歳(とし)でさ、この会社に勤めてて、大きな声では言えないでしょ、実際」

「パンティーなんて消耗品なんだから、高いの買うなんて無駄、無駄。毎日洗濯機でガラガラ洗ってたら、どんな上等なパンティーだってそのうちゴムが伸びるんだから」

「これは手洗いしてください、って書いてあった」

「あのね、寧々ちゃん。こういう下着ってのは、別名、勝負下着、って言うんだよ。わかってる？」

「別名ってことはないでしょ。勝負に使う人もいる、ってだけで」

「勝負に使う為に買うもんなの！　他の目的にこんなもん、買ったらいけないの！　犯罪なの！」

「そんなむちゃくちゃ」

「人間、自分の柄に合わないことするとろくな結果は招かないもんなんだってば。カレシいない歴三十年の寧々ちゃんが、いきなりこんなもんに一万円もつかうなんて、あたし、すんごい心配なんだから」

「あたしまだ三十になってません。それに、カレシがいたことだってありまする」

「妄想で?」

「怒るよ。そもそも、あたしのお金で買ったもんなんだから、そこまで言われる筋合いのもんじゃないと思う。弥々、なんかヘン。ムキになっちゃって」

「だって」

弥々はブルーベリー・ベーグルを口にくわえたままでもごもごと言った。

「あたし、霊感あるんだよ。前にも言ったけど」

また始まった。弥々は本気で、自分には霊感があると信じている。その理由というのが、小学生の時に超能力者がテレビに出ているのを見て、その人が半分しか当てられなかったカードの絵や文字が、その時、一〇〇パーセント当てられた、というものなのだ。だからそんなの、ただの偶然なんだってば、と何度言っても、弥々は頑として聞き入れない。そして、道端に花束が供えてあるのを見るたびに、感じる、感じるっ、と騒ぐのだ。花束が置かれていない場所で、感じるっ、と騒いで、そこが実は事故現場だった、というのならばまだいくらかこちらも納得のしようがあるけれど、誰が見ても気の毒な死亡事故が起りました、とわかる花束を前にして騒がれても、苦笑するしかない。それどころか、もし、遺族の人にそんな場面を見られたら、不謹慎だと怒られるかも知れない。だが、どれだけ説明してもなだめてもすかしても、自分には霊感がある、という弥々の思い込みは矯正されることなく今に至っている。最近はまともに相手にしないようにしているのだが、今この話の流れで、なぜ突然、弥々が霊感うんぬんなどと言い出したのか、あたしはつい興味を惹かれてしまった。

「それってどういうこと？　この下着にまさか、何か感じるとかって？」

「うん、感じる」

「ちょっと弥々、あんたね、これ、まっさらの新品なんだよ！　フランスから直輸入の！　触ってみたけど、レースはすっごく上等だし、とってもいい匂いがしたし、絶対、誰かが穿いたお古じゃないよ、これ！　まさか、これの元の持ち主が惨殺されたとかなんとか」

「そんなんじゃない。そんなんじゃないんだけど……なんかさ、胸騒ぎがするんだ、ほんと」

「弥々～、あんたねー、あたしがたまに珍しい買い物したからって、そんな嫌がらせを言うかぁ？」

「嫌がらせじゃないの！　うん、もう、あたしは寧々ちゃんのことが心配なんだよぉ。

だいたいさ、おかしいと思わない？　ネットでちらっと見たくらいで、なんで寧々ちゃん、こんなもんが欲しいなんて思ったの？　火曜日はさ、そのあたま、ワカメトリートメントしたんで大散財した後だったんでしょ？　それでなくてもケチな寧々ちゃんが、おかしいじゃん、どう考えても！」

「それはそうなんだけど……だからさ、世の中、はずみってことがあるでしょ？　たぶんね、ワカメトリートメント、じゃないってば、海草トリートメントであんまりお金つかっちゃって、開き直っちゃったというか、ヤケクソになったと言うか、そんな感じだったんじゃないかなあ。自分で自分の精神状態って、意外と説明できないもんだけどねえ。あ、それとさ、シャワー浴びたあとで、鏡を見たわけよ。そしたらさあ、なんかこう、あたしいつの間にこんなに老けた？　みたいな感じで、ちょっとショック受けたっつーか。なんか、色気のかけらもなかったのよ、くたびれちゃってて。その後だったから、とことん女っぽいもんが身のまわりに欲しくなった、って言うのかなあ？　ま、たぶん、そんなとこ」

「でもいつもの寧々ちゃんなら、一晩寝たら冷静になるはずでしょ？　これ、届いたの昨日なんでしょ、昨日、水曜日だよ。丸一日あったんだよ、それなのに、品物見て返品しなかったなんて、やっぱりヘン。いつもの寧々ちゃんじゃない」

「つまりあれですか」

あたしはかなりムカついて来ていたので、ちょっと姿勢を正して弥々の顔を睨みつけた。

「それはあたしが、何か悪いものにとりつかれて、それでこの下着セットを買ってしまった、と、こう言いたいわけですか、おたく」

「うーん……もしかしたら」

「ではお訊ねしますが、その悪いもんってなんですかね、具体的には。地縛霊ですか憑依霊ですか、それとも狐でしょうか、狸でしょうか。まさか白蛇とか言わないでくださいよ、あたしゃ爬虫類駄目人間なんスから」

「寧々ちゃん、まじめに聞いてよ」

「やだね、聞かない。弥々ちゃん、あんたに霊感があるかどうか、そんなことあたしにはわかんない。わかんないけどね、考えたらこの下着セットって、ここ二年くらいの間にあたしが買った、模型関係以外でいちばん贅沢なもんなのよ。あたしだってね、あたしだって、たまにはすっごくくだらない、でもすっごく女っぽいもんにお金つかったっていいでしょう？　いいわよ、幽霊でも狐でも蛇でも、構わないわよ、おおいにけっこう。その狐だかなんだかあたしにこれを買わせたってことは、何か目的があるんでしょ。どんな目的だか知らないけど、受けて立とうじゃないのよ。いい？　弥々、あたしこれ、絶対、着ますからね。着て会社に出て来てやるから。それで、ちゃんと手洗いしてさ、大事にしまって、ちゃんと女らしく、勝負にだってなんだって出てやるんだから！」

あたしは食べ終えた皿とコーヒーカップをトレイに載せ、まだベーグルを半分くわえたままの弥々を残してベーグルショップを出た。帰りがけに、おやつにブルーベリー&クリームチーズのベーグルを買おうかと一瞬思ったが、驚異的な金欠病にかかっていることを思い出して、踏みとどまった。

その日の帰り、あたしはコンビニに寄らなかった。今月は大ピンチなのである。割高なコンビニ飯など贅沢というもの。ちゃんと駅前のスーパーに入り、まずお米、それから、卵と、野菜を少し。半額コーナーにあった豚肉と鶏肉（とりにく）、本日の目玉商品おさかなソーセージ等々、とにかく安くて栄養のありそうなものをカゴに入れる。重たい。重たいけど、頑張らなくては。世の中の主婦という人々は、毎日こんな重たい買い物をしているんだろうか。腕が太くなりそうだ。それでも、やっぱりスーパーは安い。コンビニで買い物をする五日分ほどで、大雑把（おおざっぱ）に十日分の食糧を手に入れた。お米代は別だが、お米は腐らないし、いざという時はご飯だけ炊いて食べてもいい。問題は、野菜や肉は十日ももたないだろうということだが、その点もちゃんと考えてある。

痺れた腕で泣きそうになりながら帰宅。すぐに調理にとりかかる。まともに料理なんてするの、何ヶ月ぶりかしら。とにかくレパートリーが乏しいので、作れるものは限られている。何はともあれ、カレーだ。貧乏人の味方、カレーライス。カレーを作っておけば、毎日火を通すだけで三日、いや、五日はいける。残った人参と、冷蔵庫の中でしなびかけていたキャベツは細長く切り、塩をまぶしてタッパーに入れて冷蔵庫。これで数日したらちょっと酸っぱくなって、ザワークラウトみたいになるはず。根拠はないけど。いずれにしたって塩をまぶしておけば、腐りはしないような気がする。鶏肉は傷みやすいので、今日と明日で食べてしまおう。とりあえず、今日は親子丼。できたカレーをちょっと味見してもいいかも。

あたしはすごくウキウキした気分だった。なんだか、昨日までの自分とは違う自分に生まれ変わったような。弥々の霊感はやっぱりあてにならない。あの下着セットのおかげで、あたし、こんなにハッピーじゃない。

じゃがいもと人参が煮えるまでの間に、箱にしまったままだったブラジャーとパンティーを取り出してみた。やっぱり、素敵だ。あたしだっていちおう女だし、これがどんなに素敵な品物なのかぐらいは、わかる。どこにつけて行くんだ、とか、誰に見せるんだ、なんて、愚問なのだ。こういうものは、自分ひとりで、こっそりと、内緒で楽しむもの。自分の為の贅沢。それが本当だろう。いくら勝負下着にしたところで、所詮、男にはこの美しさがわかりっこない。男の興味は、どれだけ早くこの下着を脱がせるか、にしかないんだから、むなしいったらありゃしない。

あたしはそっと下着を手にとり、洗面所に運んだ。いくら美しい下着でも、洗わずに着用するのは躊躇われる。箱の中に入っていた、お手入れの仕方、という紙を見ながら、ぬるま湯にそっと下着をひたす。ごしごしやったらだめ。優しくそっと、掌で、押して、戻して、また押して。ねじって絞ってはいけません。そっと上から圧力をかけて水を押し出すだけ。なるほど。これで干すわけね。陰干し、ってことはつまり、ぎんぎんのお日さまを当てたらだめってことか。夜干しはＯＫかな。室内に干した方がいいかな。

洗濯ばさみの痕がついたらいやなので、クリーニング屋がおまけにくれたハンガーをぐいっと曲げ、ブラジャーとパンティーをそれぞれハンガーに着せ付けた。これで乾けばいいわけだ。でも、絞ってないから、ぼたぼた水が垂れるんだよね、これ。うーん。

あたしは少し思案してから、ハンガーごと下着セットをベランダに持ち出した。外から見えない低い位置に物干し竿（ざお）かけが付いている。このマンションは、女性のひとり暮らしに向きますよ、と、紹介してくれた不動産屋のにいちゃんが言っていたのを思い出した。ハンガーを物干しに吊（つ）るし、風で飛んだら困るので、雑誌や新聞紙を古紙回収に出す時に使うビニール紐（ひも）で、ハンガーをしっかり竿に固定した。明日の朝にはあらかた水がきれて、乾いてはいなくても室内に入れられる程度にはなっているだろう。

親子丼は抜群においしく出来た。卵が固まり過ぎちゃったとか、味がちょっと濃かった、とか、まあ細かい欠点は多々あったけれど、久しぶりの料理にしては上出来だ。あたしって、もしかしたら、料理の才能があるのかも知れない。ついでにカレーも味見してみたら、これもおいしい。カレーは作ったその日より翌日の方がおいしいから、明日になったらこれがもっとおいしくなるのだ、と思うと、自炊万歳、と叫びたい気分だった。満腹になり、満ち足りた気分で、たまにはね、と、ＣＤなんかかけてみる。ついでに浴槽に湯を張って、久しぶりにゆったりとお湯につかろう。大丈夫、ちゃんと入浴剤も買ってあるもんね。コンビニならばら売りで、一袋百円もするのに、スーパーだと十袋入って四百八十五円。素晴らしい。湯船で肩なんか揉（も）んだりしていると、ああ、あたし、東京でちゃんと働いて自活して、けっこうエライ女の子なのかも知れないな、なんて思えて来る。コネ入社だろうがなんだろうが、ちゃんと仕事して、会社にとってそれなりに使える人材として認められているからこそ、クビにもならず、昇給もしているんだ。何も引け目を感じる必要なんてない。入社試験を突破して入って来た奴にだって、ぜんぜん使えないのはいっぱいいるじゃん。あたしは少なくとも、給料の分くらいは働いているって思ってる。会社に迷惑だってかけてない。原則アルバイト禁止の社則には、若干、違反しているかも知れないけど、模型の家を二、三千円で、それも月に二個か三個売る程度だもんね、材料費考えたら、利益なんて出てないしさ。こんなのアルバイトって言えないよ、ね。社内でも、フリマにハマって週末ごとにあちこちのフリマで店を出してる人だっているんだし。とにかく、あたしは決して、役立たずなんかじゃない。

久しぶりの自炊と入浴剤の香りのおかげで、あたしはなんだかすっごくポジティヴな気分になってベッドに入った。こんな夜は、気持ちを鎮めるため、会計学の参考書を読むに限る。この本はすごい。何しろ、半ページ読んだだけで、いつのまにやら白河夜船だ……

3

「下着泥棒っ？」

弥々があんまり大きな声を出したので、あたしは反射的に弥々の口を手で塞いでいた。しかし時すでに遅し、社員用カフェテリアを埋め尽くしていた人々の好奇の目が、ざーっと、雨あられのようにあたしたち二人に降り注いでいる。

「……出よう、弥々」

「えー、まだサンドイッチ一個、残ってる」

「口に詰め込んで！　さ、行くよ」

あたしは弥々の腕を引っ張ってカフェテリアを出た。カフェテリア、とは言っても、要するに社員食堂なのだが、もうひとつある本格的な社員食堂に比べると、サンドイッチやパスタなどの軽いメニューが中心で、眺望のいい高層階にあり、椅子やテーブルもちょっとだけ洒落ている。その為、社外の人との打ち合わせに使われることも多く、ランチタイムを過ぎた時刻でもけっこう混んでいた。

今日、どうしても弥々にこの話をしたかったあたしは、わざわざ昼の電話番を買って出てランチタイムを一時間ずらした。もちろん、弥々にもそうしろと携帯メールで脅迫して。しかし、話を急ぐあまり外に出る時間を惜しんでカフェテリアを選んだのは失敗だった。残り時間はまだ三十分以上あるが、今から社外の喫茶店に行くと、注文したコーヒーが出て来た頃にタイムアウトだろう。あたしは弥々の腕を摑んだままエレベーターに乗り、五階に向かった。五階には会議室が並んでいる。何十人もが一堂に集まれる大きな部屋もあるが、来客と密談する為の、ごく小さな部屋もある。会議室の予約は総務部で受付ることになっているが、予約が入っていない時には、作業や昼寝に社員が勝手に使っているのも、よくある光景だった。エレベーターホールの会議室スケジュールボードを見て、空いている部屋を確認し、いちばん奥の小部屋にすべり込んだ。弥々は片手にサンドイッチの切れ端を握りしめ、口をもごもごと動かしている。

「紅茶飲みたい」

「あとで。時間ないんだから。下着泥棒かどうか、確信はないのよ」

「だってなくなってたんでしょ？　ゆうべ干したあのレースの下着が」

「そうなんだけど、風で飛んだのかも」

「ハンガーごとぉ？　ビニール紐でゆわえつけておいたのに、有りえないよ」

「有りえないかなぁ、やっぱり」

「有りえない。だいたい、ゆうべ、そんな強い風が吹いたなんて天気予報とかニュースで言ってなかったもん」

「局地的な突風だったかも。小さな竜巻とか」

「竜巻だったら他のもんだって無事じゃないでしょー。何か他に、ベランダからなくなってるもんとか、あるの？」

あたしは首を横に振った。

「じゃ、やっぱり下着ドロだ。決まり決まり。警察に届けないとだめだよー」

「やだよ、警察なんて」

「市民の義務っしょ。やだとか言ってるバヤイじゃないの」

「でもやだ。ブラジャーとパンティー盗まれました、なんて言うの、絶対、いや」

「わがままをぬかすでない。寧々が届けなかったら、また被害が出るかも知れないんだよ。下着ドロなんて女の敵、早く見つけてとっちめて貰わないと」

「それはわかってるんだけどさ」

あたしは唇を尖らせた。

「普通の下着だったら、すぐ届けたよ。でも……」

「でも、何よ。あんな高い下着、普通の下着以上に被害甚大じゃない」

「そういう問題じゃないんだってば。うんもう、いいよ、弥々にはわかんない」

こんなデリケートな気持ちなんか。って本当は、弥々も薄々察したみたいで、ちょっと困ったみたいな顔をしてから肩をすくめて、ま、いっけど、と笑った。

そう、あたしは恥ずかしかった。警察に届けて、総レースのブラジャーとパンティーを通販で買った、と他人に知られるのが、とってもとっても恥ずかしかった。別に悪いことしたわけじゃないのに、どうしてだかわからないけど、ただ、恥ずかしかった。

もしあたしがもっと美人で、足が長くて胸とかも大きくて、男ならみんな振り返るような、そんな女だったら、あの総レースの下着セットを買ったことでちっとも恥ずかしいなんて思わなかったかも知れない。そう考えると、胸がしくしく痛いような情けない気持ちになった。自分で働いたお金であんなに素敵なものを買ったのに、そのことを恥ずかしいと感じる自分、って、いったい何なのよ、と思う。思うけれど、恥ずかしい気持ちがそれで消えるわけではなかった。

「でもさ、警察に届けないとしたら、取り戻せないね、あれ。洗って干した、ってことは、寧々、あれつけて会社に来る気だった？」

「火曜日にね」

　あたしは言って、ふうう、と大きな溜め息をついた。

「あれを注文した日は火曜日で、火曜日なのに美容院が開いていて、それで二万円以上も、ワカメの匂いがするヘアトリートメントに無駄遣いした記念日だから」

「あ、そっか。それもあったねぇ」

「あったのよ。おかげさまで、今月もう、財布はすっからかん」

「でもま、トリートメントは寧々ちゃんにとって、必要なものだったと思えば」

「あたしの髪、触って」

「へ？」

「あたしの髪。触ってみてよ、弥々」

　弥々は遠慮がちにあたしの髪を少しつまんだ。

「はい、触りました」

「どう思う？」

「どうって？」

「二万円の効果、あったと思う？」

「うーーーーむ」

弥々は腕組みして唸った。

「……ま、気は心って言うしぃ」

「火曜日は厄日だね。厄曜日、とでも言いましょうか。やっぱ弥々、霊感あんのかもねぇ。下着ドロのこと、予感したんじゃない？」

「そんな矮小なもんじゃなかったと思いますが」

「もういいよ、諦めた」

あたしは会議用テーブルに顔を伏せた。

「所詮、分不相応だった、ってことだと思う。きっとあの下着セット、あたしにつけられるのが嫌で逃げたんだ」

「またそういういじけたことを」

「とにかくもう、いい」

あたしは立ち上がった。

「もう忘れる。んでもう二度と、ワカメトリートメントも下着通販も、しない！」

「通販は、するもんと違いますが」

「火曜日はあたしの、散財危険日だーっ」

「火曜に限らないとも思いますが」

「弥々ちゃん、このこと、絶対に秘密だからね！　誰かに喋（しゃべ）ったら、承知しないから！」

「合点（がってん）承知之助（しょうちのすけ）」

弥々は言ってから、ふじんけいかんのまね〜、と言いながら敬礼して見せた。いったい何を考えているのか、時々、この女のあたまの中身が心配になって来る。これであたしと学年が同じ、三十、一歩手前なんだから、驚くしかない。

*

家に帰ればカレーが待っている、と考えるのは楽しい。ご飯は今朝、夕飯の分まで炊いておいたし、あとはらっきょうでもあれば言うことはないのだが、コンビニに寄るのはぐっと我慢した。塩漬けのキャベツと人参でなんとか代用しよう。卵もまだ残っている。カレーに生卵。ウスターソースもかけてみたりして。すっごくオヤジくさい食べ方だが、本当は大好きなのだ。でも他人が見ている前では絶対にできない。

自宅マンションが近づくにつれて、レースの下着のことが思い出され、足取りが重くなった。下着泥棒が本当にいたのだとしたら、そいつは今でも警察に捕まらずに野放し、ということになる。もしそいつが今夜も犯行を重ねたら、それは、被害届けをちゃんと出さなかったあたしの責任？　なんだか割り切れないけれど、結果的にはそういうことになっちゃうんだろうな。やっぱり、ちゃんと警察に言った方がいいんだろうか。もちろんその方がいいんだろう。いいんだろうけど……

あれ？

自宅マンションの間近までたどり着いた時、あたしはふと、上を見上げた。自分の部屋の小さなベランダが見える。

だけど……泥棒、いったいどこからあのベランダに入ったの？

今朝は下着がハンガーごとなくなったことに動転していて思いが至らなかったけど、よくよく考えたら、あたしの部屋は三階なのだ。もちろんプロの泥棒なら、三階くらいまでなら軽く侵入できるんだろうけど……下着泥棒だよ、相手は。この壁を三階までよじ登るのって、けっこう大変じゃない？　しかもあの下着は、外から見えない位置に干してあった。少なくとも下から見上げたら、あれがベランダの中にあることは絶対にわからなかったはず。だったら、屋上から下を覗いて見つけたのかしら。それは不可能ではないけれど……屋上には給水タンクがあって、非常階段で上がることはできる。でも、屋上に出るドアにはいつも鍵がかけてあって、管理人さんでないと開られない。住民は原則、屋上の使用は禁止だ。鍵を壊して屋上に出たのかしら。でも、あの非常階段には警備会社に直結している警備システムがあるはず。建物の中からは簡単にドアが開くが、建物の外からは、住民の部屋の鍵か管理人のマスターキーを使わないと開かない。無理にドアを破ろうとすれば、警備会社に通報が行く。最近のオートロック式のマンションではごく当たり前の警備システムだ。プロの泥棒ならば、そのくらいは警戒するだろうし、鍵を壊したりしたら、大騒ぎになっていたはずなんだけど。うーん。何かヘンだ。よくは知らないけど、イメージとしては下着泥棒って、物干しにひらひら干してある女性の下着を見てむらむらっと来て盗んじゃう、そんな感じじゃない？　さもなければ、部屋に侵入してタンスから女性の下着をごっそり盗む、とかさ。でもあたしの部屋に、昨夜の内に誰かが入って来た形跡はなかった。ないよね？　まさか、いくらあたしがいったん寝たらなかなか起きない体質だって言っても、ワンルームの部屋ん中に誰か入って来たら、目がさめるはず……だよね？　下着を入れてあるプラスチックケースにも何の異常もなかったし。寝ているあたしの横を、泥棒がこっそりと歩き回る、という図は、想像すると怖くて背中がぞわぞわした。

下から見上げると、小さなマンションの三階には、裏表で六部屋あることがわかる。

表側に並んだ小さなベランダは三つ。あたしの部屋は真ん中だ。西隣りは、連休中に空室になった。三十代後半のＯＬさんが住んでいたのだけれど、都内に１ＬＤＫの独身者用マンションを購入したと嬉しそうに言っていた。従姉(いとこ)の翔子(しょうこ)ねえちゃんみたいな人だ。がっちり貯金して頭金を作って、優雅な東京の分譲マンション暮らし。彼女の年齢まであと六、七年。その間頑張って、あたしにもマンションの頭金、貯(た)められるんだろうか。それはともかくとして、あの部屋は空室。来月の初めには誰か引っ越して来るって管理人さんが言ってたけど。東隣りに住んでいるのは、あたしと同じくらいかもう少し若い、ものすごい美人。毎朝、同じくらいの時間に出て電車に乗るので、勤めている人なのは間違いないだろうけれど、それにしても綺麗な人だ。挨拶(あいさつ)くらいしかしたことはないけれど、顔だけならば芸能人だと言われても信じられる感じ。背がちょっと低いけど、スタイルは悪くない。もしあたしが下着泥棒なら、絶対、彼女の下着を狙(ねら)うな、あたしじゃなくって。って、下着泥棒の心理なんか、理解不能ではあるけれど。

でも、もしかしたら、東隣りの部屋も何かの被害に遭ってる、ってことはないのかしら。あり得るよね。

あたしはオートロックの玄関で鍵を取り出し、差し込んで回した。ドアがゴットン、と音をたてて開く。この自動ドアは何となくたてつけが悪い感じがして、スムーズに開かないのよね。自動ドアに、たてつけ、って変だけどさ。エレベーターで三階にたどり着くまでの間に、どうしようか決めた。警察に届ける前に、犯行があった、という確証を得ておくのは悪い考えじゃないと思う。それに仲間がいた方が、警察に行くにしても心強いもんね。もっとも、あの東隣りの美人ＯＬと一緒だと、レースの白い下着セットの話をするのは、ひとりの時よりもっと恥ずかしいけど。だけど、どんなに恥ずかしくたって、被害者があたしひとりじゃないとわかれば、警察に届けないわけにはいかない。弥々の言う通り、下着ドロなんて女の敵だ。捕まえてやっつけないと、あたしたち女みんなが、そんな変態をゆるす、ってことになっちゃうもん。

三階に着くと、あたしは自分の部屋に入る前に、東隣りの部屋のチャイムを鳴らした。一度……二度。何の応答もない。留守か。ふう。あたしは諦めて自分の部屋に入り、あかりを点ける。そして、わくわくしながらキッチンに向かい、朝、火を通しておいたカレーの鍋(なべ)をまた弱火にかけた。キャベツと人参の塩漬けも取り出して、塩をさっと洗い流し水気を絞る。ちょっと味見。あらあ、おいしい！　ちゃんと浅漬け風になってる。そうだ、鶏肉。鶏肉は傷むのが早いしな、今日、食べておかないと。親子丼に使った残りなのでたいした量ではない。包丁で軽く叩いて平らにして、塩コショウしてフライパンで焼く。焼き上がりにバターをひとかけら。カレーが温まる。炊飯器に残っているご飯を電子レンジでチン。

すごい！　カレーライスにチキンソテー、キャベツと人参の浅漬けよ！　しかも、帰宅してから全部テーブルに並べ終わるまで十五分！　もうあたし、断然、自炊派になっちゃう。

お気に入りのCDを鳴らしながら優雅にディナータイムを終え、さあまた今夜も、入浴剤を入れてのんびりとお風呂に浸かろうかしら、と思った時、また隣りのことを思い出した。あれから一時間。もう帰ってるかな、そろそろ八時だし。あたしはサンダルをつっかけて部屋を出た。隣りのチャイムを鳴らす。応答はない。まだ帰ってないのか。自分の部屋に引き返そうとした時、ゴトッ、と音がした。あれ？　反射的に、ドアに耳をつけてみる。と同時に、ガチャン、とまた音。今度は何かが壊れた音みたい……なに？　もう一度チャイムを鳴らす。二度、三度と鳴らす。何の応答もない。やだっ、もしかして……空き巣？　どうしよう。管理人を呼ばないと。あ、もしかして、下着泥棒！　きっとそうだ、やっぱりそうだ！　やだ、管理人、警察、えっと……

あたしは、自分の手元を凝視していた。なぜそうしたのか、ほとんど無意識にドアノブを回していたのだ。そしてそのノブは……くるりと回った。鍵がかかっていない。

えっと。

でも鍵がかかっていなくたって、許可を得ずに入れば不法侵入。やめよう。だめだよ、第一、中に下着泥棒がいたらどうする？　そいつと格闘にでもなったら。それでそいつが……刃物とか持ってたらどうするのよ！　あたしはノブから手を離そうとした。その時、あたしの耳は確かに、それを聞いてしまった。


助けて。


もしかしたら空耳だったのかも知れない。後になって冷静に考えてみても、閉まったドアの内側で瀕死の人間がそう囁いた声を、きっちり閉まったドアの外側で聞きつける、ということは、やっぱりあり得ない。あれは、あたしの勘違い、別の音をそう聞き違えたか、何も音はしていなかったのに、聞こえた、と思ってしまったか。

それでも、その時は確かにそう聞こえた。聞こえた以上、からだが動くのを理性で止めることはもう、できなかった。あたしはドアを開け、サンダルも脱がずに部屋の中へと飛び込んだ。

うんぎゃーっ。

自分があげた悲鳴が耳をつんざく。目の前の光景に、気絶しそうになった。だって、そこには、そこには……

血まみれの女性が……

「……助けて」

女性は弱々しく言い、片手を少し持ち上げた。あたしは深呼吸した。血の臭いでむせかえりそうになる。でも、自分がしなければいけないことが何なのか、深呼吸したおかげで瞬間的に頭の中で整理がついた。

「大丈夫ですかっ」

あたしは彼女に駆け寄った。何が起ったのかは一目でわかった。彼女、隣室の住人は、左の手首を右の手で握っていた。その握った指の間から、トクトクと血が滴り落ちている。何か縛るもの、縛るものはないの？　目に飛び込んで来たのは脱いだストッキング。伸びるし、だめかも。でもないよりはましだ、きっと。あたしは焦って手足をばたつかせながら、ストッキングで女性の二の腕をきつく縛った。遠い遠い昔、高校の保健体育の授業で、確か習った止血方法。間違っているかも知れないけど、今よりひどいことにはならないだろう。それから血まみれの女性を飛び越えるようにして、電話機に飛びついた。部屋の間取りがあたしのところとまったく同じなので、電話のジャックの位置から、必然的に、同じようなところに電話が置かれることになる。それが幸いして、探すまでもなく受話器を手に取れた。まず一一九。冷静に、冷静に。

「はい、こちら一一九です。どうしましたか？」

「け、怪我人です。手首の血管が切れてます、死にそうです！」

「住所とお名前を……」

あたしは早口で、でも絶対に間違えないように、住所を暗唱し、部屋番号を自分のものを言いそうになって慌てて一足して（あたしは二〇二、ここは二〇三！）、とにかく一刻も早く来てと頼んだ。受話器を戻し、隣人のところに駆け戻ってからだを抱き起こす。力が抜けてしまった隣人の代わりに、手首を強く握る。強く、強く、血よ止れ、と念じながら。救急車が来るまでの時間が、とてつもなく長く感じた。その間、あたしは半ば呆然としながら、隣人の室内を見つめていた。

物の山。いや……ゴミの山だった。積み重ねられた服、服、服。転がった靴の箱、箱、箱。脱ぎ捨てられた衣類の山。壁の至るところからつり下げられた、バッグ。どれも高価なブランド物だ。が、いったいそれらを使っているのかどうか、余りにも数が多く、そして乱雑。包装紙にくるまれたまま開けられていない箱も山と積まれ、ブティックのロゴの入った紙袋も何個あるのか、数え切れない。どれも口のところがテープで止められたまま、中には買ったままで袖も通していない服が入っているに違いない。さらにあたしは、驚愕で目を見開いていた。部屋中に散乱するお菓子や化粧品、細かな雑貨の山。それらはみな新品だ。同じ物がいくつもある。しかも、男性用や子供用も。……万引き。たぶん。買ったものと盗んだものとが、おびただしい分量で部屋を埋め尽くしていた。その物の海の中で、美しい隣人は、死を選んだのだ。

全身に鳥肌がたった。怖さと哀しさとで、涙が溢れて止らなくなる。

ここは、小さな、地獄だ。

あたしの部屋の隣りにあった、小さな、小さな、誰も知らない、ないしょの、地獄。

4

「まあ」

島係長は、品のいい口元を大きく開けて言った。

「それじゃ、高遠さんの下着セットも、その人が？」

「そうだったみたいです」

あたしは、クリームパンを一口噛みとって、頷いた。

「警察の人が、荷物の山の中から見つけて届けてくれました。……信じられないですよね……真夜中に、隣りのベランダからうちのベランダに入り込んで盗んだんですって。まあ確かに、うちのマンション、ベランダが非常通路になってないんです。ベランダごとに独立していて、隣りとの間には隙間があるんですよ。ちょっと怖いけど、隙間を乗り越えて侵入できないこともないんです。でも……そこまでしてなんで、って思います」

「……心の病気だったんでしょうね」

「警察の人もそう言ってました。命が助かったとわかって、全部喋ってるらしいです。初めは買い物依存症、それから万引き癖がついて、段々エスカレートして、空き巣みたいなこともするようになっていたみたい。見るとなんでも欲しくなって、それを手に入れないと夜も眠れなくなっちゃうんですって。あたしの下着も、たまたま夜中にベランダで煙草を喫っていた時に目に留まって、そうしたら欲しくてどうしようもなくなった、そういうことだったみたいです」

「だけどさ、その人、すごい美人なんでしょう?」

弥々がコンビニおにぎりの包装紙を剝きながら訊く。今日のランチは、あたしの武勇伝の報告会を兼ねて、経理部で電話番をしながら済ませていた。島係長は、お弁当組だ。今日はたまたま、お弁当組は彼女ひとりで、島さんにだったらレースの下着の話をしてもいいかな、と思ったので、仲間に入って貰った。

「美人も美人、大変な美女よ。警察の人も冗談混じりに、あんな美人だったら、うちの刑事連中が彼女の社会復帰に協力したいって言い出しそうだ、とか言ってたし」

「わあ、それって差別。ブスだったら刑務所に入れ、ってことじゃん」

三人一緒に笑ったが、あたしの心にはもちろん、棘が刺さった。

綺麗に生まれていれば。

美人に生まれていさえすれば、レースの下着が恥ずかしくない人生が歩けた、あたしはそう思っていた。たぶん、それは今でも有効な真実で、その通りなのだろう。でも、美しい顔をしている人が必ずしも幸せではない、そのこともまた、真実なのだ。

狭い部屋を埋め尽くしていた、物、物、物、物、物……

あれらの物が、彼女を殺そうとした。でも彼女は、あれらの物に囲まれていなくては生きていられない、そう信じていたはずなのだ。物が彼女を裏切ったのか。それとも、彼女が物から逃げようとして逃げ切れなくなったのか。いずれにしても、物と彼女の間には、ただひとかけらの信頼もなかった。それだけは確かだ。

あたしと、模型の小さな家たちとの間は、どうなんだろう。

あたしは模型を作ることで、何かから逃げているのだろうか。それとも、模型を作ることで、何かを得ているのだろうか。

あたしと模型の家との間には、信頼が、あるのだろうか。

あたしは、週末、病院と警察を何度も往復して、そのせいなのか興奮が続いて眠れないままに作った、小さな紙袋を机の上に置いた。

「わあ、かわいいっ。これって、シャネルの紙袋！」

「すごいわ、こんなに小さいのに、本物みたいね」

二人の称賛の声の中、あたしは紙袋を開けて、中から小さな箱をつまみ出した。箱を開けると、中には黒いバッグが入っている。

「雑誌のカタログ見て作ったんで、細かいとこは嘘(うそ)ぴょんなんだけどね」
「すっごーい。寧々ちゃんって、ほんと、天才だよ！」
「本当にすごいわ。溜め息が出そう」
「こういうのも、ちょっとやってみようかな、って。これまで、こういうアイテムは余り作らなかったから。Nゲージには関係ないでしょ」

　あたしと模型の間には、信頼はともかくとして、少なくとも、愛はある。

　あたしはそう思った。お金で買ったり盗んだりして手に入れたんじゃなくて、これは、あたしの指先がこの世に生み出したものなのだ。だからあたしは、これを愛している。だって、あたし、ママなんだもの。

　隣人も、何かのママになることができたら、あの小さな地獄から逃げ出すことが出来たのかも知れない。何か、なんでもいいから、あの美しい手で、この世に生み出すことが出来ていたなら。

　でもそんなこと、勝手な感傷なんだけどね。あの小さな地獄は、あたしのすぐそばにあったのだ。そしてあたしだって、弥々だって、島係長だって、いつ、あんな小さな地獄の中に落ち込むことになるか、それはわからない。物の代わりに何が小さな地獄を作るのかも、わからない。

あたしたちが住んでるこの世界は、そういうところなんだ。

「あ、そうだ」

あたしは顔を上げて島係長に言った。

「あたし、この頃、自炊始めたんですよ」

「あら、まあ。でもいいことじゃない？　栄養的にも、経済的にも」

「そうですよね。でも、なんでかなあ、お金、なくなっちゃったんです。十日分はあると思っていた食料が、もうないの。なんか計算違いしたんですよねえ、五日は続けて食べられると思ってたカレーが、あんまりおいしくって、三日でなくなっちゃったし、キャベツの浅漬けも三日分はあるはずだったのにもうないし、卵も一日一個で六日もつはずだったのに……なんかおいしくて目玉焼き、二個焼いたりして、そしたらあっという間に冷蔵庫が空っぽで、これならコンビニの方が安くつくじゃん、なんて」

島係長は笑いころげた。ついでに弥々も、思いっきり笑っている。あたしは憮然（ぶぜん）としたけれど、そのうち、やっぱりおかしくなって一緒に笑った。

「じ、自炊はね」

島係長は目に涙まで浮かべていた。

「一ヶ月くらいは続けないと、経済的効果は出ないのよ。スーパーではひとり用の食材って売ってないから、つい余計に買うでしょ、そしたら余計に作るから、ついつい、余計に食べちゃうものなのよ」

「そうですねぇ、なんか、ついつい、食べちゃうんですよね」

「これまでの食生活が悲惨過ぎたのよ、寧々。まともな食べ物に飢えてたんじゃない？」

「そうかも」

「とにかく、お弁当から始めてみたら？」

島係長がハンカチで目を拭いながら言った。

「お昼代ってばかにならないでしょ。週に一度でいいからお弁当を作るようにすると、それに合わせて食材を買ったりしてる内に、自炊のコツも摑めて来るわよ」

「そんなもんですか」

「ええ、そんなものよ。主婦業だってね、修業は大切なのよ。世の中、ちょいちょい、ってできることなんか、そんなにないんだから」

「それはそうですねぇ。世の中、ああだったら楽なのに、こうだったらもっと楽だのに、っていくら思っても、そんな楽な方法なんて、実はないですよね」

「そう、実はないのよ」

「そうそう、実はないのだ」

三人で、なんだか当たり前過ぎて誰も今さら言わないようなことに、ひどく納得しながら、頷いた。


「それで、明日は火曜日じゃん」

弥々が突然、言った。

「例のあれ、どうする？」

あたしは島係長を見て、ふふ、と笑う。

「もちろん、決行。ちゃんと週末にもう一度、洗ったもん」

「あら、例のあれ、ってなに？」

島係長が訊いた。あたしは黙って、ニタニタする。

だって、内緒だもの。

とびきりさびしい水曜日

1

夏の喪服姿は、ひどくもの悲しく見えるのはなぜだろう。

空の青さとか雲の白さ、緑のまぶしさ、それにひときわうるさい蟬の声などが、人ひとり、死んでしまった、という事実とどことなく相容れず、互いに無視し合おうとでもしているように、葬儀場のすべてがぎこちなく非現実的に思えるから、だろうか。

参列した人々の額や頰に光る汗も、死を悼む涙とは限りなく似ているのに永遠にほど遠い存在だ。汗は体温を、命を誇っている。一方、棺の中の冷たい骸には、もう二度と、その汗がわくことはない。

どうしてこんな季節にまで、人は死にゆくのだろう。

なぜ、こんなにも白く明るい太陽の下で、人の命は呆気(あっけ)なく終わってしまうのだろう。

「御苦労様」

経理部長の高木が、しわがれた声であたしたちをねぎらった。悲しみでこんな声になったわけではなく、この人はいつでも、こんな声で喋(しゃべ)る。初対面の人はつい、お風邪ですか、と訊(たず)ねてしまうのだが、本人の弁では、幼稚園の頃からハスキーヴォイスだったらしい。

「そろそろお焼香も終わりみたいだから、ここで一度、整理しましょうか」

「はい」

島さんが頷(うなず)いて、几帳面(きちょうめん)に積み重ねた香典袋をビニールの袋にしまう。受付用のテーブルには、表から見えないところに引き出しがついていて、香典袋から取り出した現金は小さな手提げ金庫にしまわれている。社葬ではないが、葬儀社の手がまわらないところはすべて、会社の関係者が手伝っている。あたしたち経理部員は、当然ながら、お金にまつわるもろもろのお手伝い係になった。あまりにも突然の一家の大黒柱の急死に、家族はまだ呆然(ぼうぜん)としているようで、会社が仕切ってことを進めなければ何もできない有り様だった。

亡くなったのは、雑誌編集部の社員で、この春に創刊したばかりの新雑誌の編集長だった。ホームから電車に飛び込んでの自殺。原因は、鬱病。と言っても、家族はそのことを知らなかった。会社でも、少し元気がないかな、という程度で、まさか自殺してしまうなどとは誰も思っていなかったらしい。と、いうような噂話も、あたしは今朝、葬儀場に来てから耳にしただけで、実のところ、自殺してしまったその編集長とは挨拶以外で言葉を交わした記憶がなかった。名前と顔は知っていたし、会社の外で見かければ、あれ、あの人、うちの会社の人だね、という程度には判別がついただろうけれど、それ以上のことも以下のこともなく、まさかその人の葬儀で受付の手伝いをすることになるなんて、想像したこともなかった。

村井勝男さん。フルネームをあたまの中で何度か繰り返して呼んでみても、その人とあたしの間には、思い出、と呼べるようなものがたったひとつもない。なのにあたし、こんなところにいていいんだろうか。葬儀の受付なんかしてて、あの世の村井さんが気を悪くしないだろうか。

そういうことをつい考えてしまう、ということそのものが、なんだか、とっても淋しい。

「お金、けっこうな金額になってるし、怖いからわたし、これ、ご遺族に預けて来るね」

島さんは手提げ金庫を持ち、足早にどこかへ向かう。あたしはひとりになって、ぼんやりと雨上がりの庭を見つめた。

格式の高い寺の庭は、とても美しく整えられている。仏教にはまったく明るくないあたしには、その寺の宗派すらわかっていなかったけれど、お金と人手をかけて丹念に手入れされた庭の見事さは、あたしにだってわかった。夏の終わりの雨が、ほこりっぽくなった木々の葉を洗い流してくれた。ついさっき、ぼんやりとした虹も出た。あの虹を、村井勝男さんはもう、見ることができないのだ。そう思ったら、涙が出そうになった。

「おつかれー」

弥々が、神妙な顔で近づいて来る。弥々は総務部員なので、葬儀全般の手伝いに駆出されていた。

「弥々、村井さんのこと、知ってた?」

「うん」

弥々は少し目のまわりを赤くしている。泣いたのかも知れない。

「面接、村井さんだったんだ、あたし」

「面接って、入社の時の？」

「そう。面接官、五人いたでしょ。村井さん、いちばん若かったかな、中で。ハンサムだから、顔、憶えてたんだけど、新入社員歓迎会でむこうから声かけてくれたの。優しい人だったよ。配属が決まった時にもさ、わざわざ、希望の編集じゃないけど、しっかり頑張ってね、って言ってくれたし」

「そんなに頻繁に話してたんだ」

「朝の電車が一緒のこと、多かったのよ。同じ地下鉄沿線だから。駅は違うけど」

「……鬱病だった、って聞いた」

弥々は、小さく頷いた。

「らしいね。医者から薬貰ってたみたい。でも誰も知らなかったんじゃないかなあ」

「隠してたんだ」

「新雑誌の編集長になったばかりでしょ、言い出せないよ」

「赤字だったみたいね」

「雑誌はさ、難しいよ。今の出版状況で、そんな簡単に黒字にはならないよ。まだスタートしたばかりだし、挽回は出来たと思うな。……病気のせいだよ。……他に、理由なんかないよ」

弥々は少し怒ったみたいな口調になった。そんなに親しくはなかったにしても、弥々のお気に入りの先輩だった人が自殺して、そして生き残った者たちが、どうして？　なんで？　と無神経に詮索する、そういう状況すべてにむかついているのだろう。あたしも含めて、村井さんとほとんど接点のなかった社員たちは、みな、同じだ。弥々の目から見れば、この場にいること自体、場違いで図々しい存在なのだ。

「ごめん」

あたしは小さな声で言った。弥々はちょっとだけ目を見開いて、それから、やっぱり小さな声で返事した。

「なんで謝るわけ？　あたしじゃないからね、村井さん追い詰めたの」

「え？」

あたしは、弥々の言葉の意味がわからずに目を丸くした。その顔を見て、弥々の表情が変わった。

「……寧々ちゃん、知らなかったの？」

「あの……えっと……何のこと？」

「噂、聞いてないんだ」

「噂って、鬱病だったってことしか」

「そっか。……だったらいいの。ごめん、誤解した。気にしないでいいから」

「ちょっと弥々」

「プライバシーだから、死んだ人の。聞いてないなら、忘れて。もうじき出棺だから、手伝わないと」

弥々は逃げるみたいにからだを翻して、小走りに行ってしまった。あたしは何がなんだかわからず、首を傾げたままでいた。


出棺のお見送りをすると、社員は解散、と言われた。焼き場までついて行くのは遺族と親戚だけ、会社関係の人は大半が焼香を済ませると帰ってしまい、出棺までいた人たちはほとんど、村井さんの部下ばかりだった。葬儀社の人から、お骨が戻って来たらそのまま初七日の法要をいたしますので、あとは我々がいたします、と説明され、筆記具だの香典を記録したノートだの、細々とした物を返し、代わりに、小さな袋を貰う。島さんと連れ立って駅まで歩き、地下鉄に乗り、私鉄に乗り継いで自宅に戻った。紙袋の中には、デパートの商品券が包まれた挨拶状と、葬儀を手伝った人たちに配られるお弁当が入っていた。狭い玄関で自分のからだに清めの塩をふりかけて、とりあえず喪服を脱いでハンガーにつるす。下着まで汗びっしょりになっていたが、シャワーより空腹が問題だった。告別式が十一時からだったので、朝ご飯にジャムパンをひとつ食べたきり、飲まず食わずだったのだ。お弁当は、巻き寿司といなり寿司。冷蔵庫から麦茶を取り出し、黙々と食べた。

弥々の態度が腑に落ちない。なんだか、変だ。

村井さんを追い詰めたのはあたしじゃないからね、弥々はそう言った。それってどういう意味？　村井さんは鬱病だったんでしょう？　新雑誌の数字がいまいちだったこととか、いろんなストレスが積もって病気になって、薬も貰っていた。鬱病でいちばん怖いのは自殺、そんなこと、誰だって知っていること。でも弥々の言い方だと、社内では、村井さんの自殺は鬱病のせいじゃなくて、誰かに追い詰められた為だ、という噂がたっている、そんな感じだった。そしていちばん変だったのは、弥々がその噂をあたしの耳に入れまいとしたことだ。いつもなら、頼んでもいないのに社内の噂話をあたしの耳に押し込む、あの弥々が。

弥々は何を心配しているんだろう。気になる。

気になるけど、とりあえずお腹がいっぱいになったら眠たくなって来た。昨日のお通夜、今日の告別式と、週末の休日に朝からばたばたしていたせいで、週末に寝坊をする、というお楽しみが出来なかったのだ。普段の日でも、あたしの睡眠時間は余り長くない。毎日残業があるわけではなく、夜遊びもしないし、ネットでチャットや通信ゲームにハマっているわけでもなく、ボーイフレンドもいないあたしなのに、どうして睡眠不足になってしまうか、と言えば、もちろんそれは、模型作りがあるからだ。1/150のスケールで作る家屋の模型。もともとはドールハウス作りからNゲージ・ジオラマ用の建物を作るようになり、それがエスカレートして、今は、十年ぐらい先に完成予定の、会社まるごと模型に取り組んでいる。自分が勤めている会社をそっくりそのまま模型にするのだ。今は事務用机の制作に取り組んでいて、この机は、全社でたぶん、六百個近くある備品だ。もちろん、六百個も作っていたのでは嫌になってしまうので、とりあえずワンフロア分、十個か十五個作ってコツを掴む。平社員用の普通の大きさ、部長用のひとまわり大きいもの、脇に引き出しがあるものとないもの。新品に見えるものと、傷んでぼろぼろになっているもの、その中間と作り分ける。色を塗り、わざと傷をつけ、また色を塗り。机の上に置いてある細々したものは、来週から制作開始予定。それぞれの机に持ち主を決め、乱雑だったりよく整頓されていたり、女の子っぽいファンシー文房具で埋まっていたり、ポストイットだらけだったり、机を見ただけでどんな人が使っているのかわかるようにしたい。ああ、楽しい。なんて楽しいの。というわけで、ついつい、明日のことを考えずに明け方まで作業してしまったりするのである。

ええ、そうです。いいんです。どうせあたしは、おたく女です。

金曜日の夜に、七個目の机が完成した。今、参考にしているのは、営業部の机だ。営業部に用事ができた時、こっそりとデジカメで盗み撮りして来た社員の机。うちの会社の営業部には五十人以上の社員がいるが、模型では社員の数も実際の五分の一ほどに減らすので、机も十個あればいい。女子は十二、三人。割合からいえば、模型では机二個から三個が、女子社員の分になる。デジカメデータを印刷したものを眺め、中で、ガチャピンとムックのぬいぐるみを置いてある机に目がとまる。これは誰の机だろう。椅子の座布団は花柄だし、机の上に転がっているシャープペンシルはピンクのプラスチックボディだ。まず間違いなく女子社員のもの。営業部には同期の女子社員が二人いる。二人とも、けっこう可愛い。でも、ぬいぐるみを机に飾りそうなのは、松井友紀の方だろう。友紀はファンシーグッズ大好き女で、東京ディズニーリゾートに毎月一回は必ず行く、というのが自慢なのだ。どうしてチップとデールとかミッキーとミニーでなくてガチャピンとムックなのかは不明だが、この机が松井友紀のものだと仮定しても、そう無理はないはず。友紀の顔や喋り方、仕草をあたまに思い浮かべ、友紀なら他にどんなものを机の上に置くだろうと想像する。それから、何と何を作るか決め、材料をどうするか考えて調べる。

この二日間の気疲れと、満腹と、寝不足、それに至福の想像から来る満足感が重なって、あたしは食べ終えた寿司の箱を片づけようともしないまま、小さなソファテーブルに突っ伏して、眠り込んだ。

わ、よだれ。

目が覚めて、自分の唇からソファテーブルの上まで、粘性のある液体が糸をひいているのに気づいた時は、自分の他に誰もいないとわかっていても恥ずかしかった。が、すぐに、目が覚めたのは電話のベルのせいだ、と気づく。なんだよ今ごろ、誰だよ、と悪態をつきながら受話器を取ると、まったく聞き覚えのない声が耳に響いて来た。

「高遠さん、ですか」

声は若い女のものなのに、すごくぶしつけだった。名乗りもせずいきなり。

「高遠寧々さんですよね？」

「あの……おたく様はどなたですか？」

人間、相手が失礼だと自分も失礼になるものだ。ぶしつけな第一声には不機嫌な声で返す。

「高遠さんじゃないんですか？」

「だから、かけて来たのはそっちなんだから、まずは名乗ったらどうですか？　おたくは、どなた？」

「……村井です」

えっと。村井、村井って……あたしの知り合いにいたっけ？

あっ。

「あの、村井さん、村井編集長の？」

「娘です。村井希里子（きりこ）です」

混乱して一瞬、わけがわからなくなりかけたが、すぐに、村井勝男の遺族席に座っていた髪の長い少女の姿を思い出した。中学生らしいブレザータイプの制服を着ていて、リボンに結んだタイがブルーと紺色のチェックという洒落（しゃれ）たものだったので、そのリボンばかりがやけに印象に残っている。どこかの私立中学の制服だろうと思ったが、興味がなかったので詳しいことは誰にも訊（き）いていない。ふっくらと小太りな子だったというのは憶えているのだが、顔はほとんど思い出せなかった。目が大きかったような気はするんだけど……錯覚だったかも知れないし。

とにかく、問題はそういうことではない。どうしてあの、自殺した鬱病の編集長の娘が、こんな時間に、会社でもほとんど接点がなかったあたしの家に電話して来たのか。それにまつわる一切が、謎である。

「えっと」

あたしは声に出して自分を落ち着かせる時間を稼いでから言った。

「わたしが高遠寧々ですけど……あ、あの、村井さんはご愁傷さまでした。二日間お手伝いさせていただいたんですが、あまりお役に立てなくてすみません。で、どういったご用件なんでしょう？　お香典のことでしたら、島というものが担当しておりましたが……」

「なぜ父を捨てたんですか」

……は？

絶句したあたしの耳に、その言葉は繰り返された。

「どうして、父のことフッたんですか！　父を愛してなかったのなら、なんで、離婚しろなんて迫ったんですか！」

ちょっと待て。あんたいったい、どこに電話してんの？

でも、高遠って名字はうちの会社にあたしだけだし、高遠寧々、なんて、少女漫画のヒロインみたいな名前の人間が、そう近場にごろごろ棲息しているとは思えないし

……

「な」

あたしは、ごくん、と音をたてて唾を呑み込む。

「何かの間違いではないでしょうか。あの、わたし、村井編集長さんとは、会社でもほとんど話をしたことがないんですけど……」

「嘘つき」

一刀でばっさり。

「証拠はあるのよ。あなたが父とつき合ってて、父に離婚しろって迫って、父はあなたの言う通りに母に離婚を切り出した。なのにあなたはいきなり、もう別れたいって言い出して……母にもあたしにもあいそつかされて、あなたに捨てられて、父はそれで……それで……」

「じょ、冗談じゃないですよ」

あたしはつい、喧嘩腰になった。

「ちょっと、勝手にどんどん決めつけないでくださいね。わたしは本当に、村井さんのことはほとんど何も知りません。同じ会社の人だから顔ぐらいは知ってましたけど、挨拶したことがあるくらいで、嘘なんかじゃありませんから！　どんな証拠があるのか知りませんけど、わたしと村井さんが親しくなかったってことは、会社の人に聞けばすぐわかりますよ。お嬢さん、お父さんがあんなことになっちゃって、すごく動揺して混乱してるのはわかるけど、でも、こういうこと、間違っているのに決めつけて電話なんかしては、大変なことになりますよ」

「証拠があるんです！」

耳がきーんとなるような大声で、希里子は怒鳴った。さすがに十代前半、声域も高い。

「言い逃れようたって、そうはいかないわよ！　あたし、絶対にあなたのこと、ゆるさないんだから！」

「いい加減にしなさいよ、このガキっ！」

反射的にあたしも怒鳴っていた。

「あたしはね、あんたの父親なんかにまったく、これっぽっちも興味なんてないのよ！　入社してからあんたの父親と交わした会話なんか、おはようございますとお疲れさまでした、を除いたら、ほとんど残らないわよ！　ってゆーか、あのね、希里子さん、あなた誤解してんの。何か勘違いしてるのよ。その証拠とやらをあたしに見せてみなさいよ、勘違いだってすぐわかるから。言っとくけど、あたしまだ独身なのよ、あなたのお父さんと不倫してたなんて大嘘が広まったりしたら、お嫁にいかれなくなっちゃうのよ。冗談じゃないのよ、ほんとに。子供だからってあたしも容赦しないわよ、それ以上、いい加減なこと言いふらすんなら。なんなら今からあなたの家に行って、あなたのお母さんと話をしたっていいのよ！」

「母はだめっ」

突然、希里子が泣き出した。

「母は……母は……今、とっても傷ついて、ショック受けてるの。母にそんなこと言ったら……言ったら……」

わあ、しくじった。あたしは恥ずかしさで首まで熱っぽく感じた。突然、身におぼえのないことで責められてあたまに血がのぼったとはいえ、父親に死なれたばかりの子供に怒鳴りつけるなんて、夫に自殺されて衝撃から立ち直れない妻に直談判するぞって脅すなんて、とんでもない冷血漢だ。

「ご、ごめんなさい」

　あたしはしどろもどろに謝った。

「ほんとにごめんなさい、つい、カッとなっちゃって。何か誤解があって、混乱してるだけなのに、あたし、昔から短気なの。ごめんなさい、ゆるして。でもね、でも、あたしは嘘なんかついてないのよ。本当に、あなたのお父さんとはそんな関係じゃなかった。ね、希里子さん、その証拠、というのをわたしに見せてください。ね？　それでちゃんと話し合えば、どうしてそんな誤解が生まれたのか、きっとわかると思うの」

　電話の向こうの少女がどんな顔をしているのか見られればいいのに。あたしは焦りつつ、少女が納得してくれることを祈った。とにかく、とんでもない誤解だけはなんとしてもといておかなくては、あたしの名誉にかかわるし、村井さんだって浮かばれない。

「……母には内緒にして貰えますか」

　希里子がやっと言ってくれたので、あたしは心底ホッとした。

「もちろん。誤解しているのがお母さまでなくてあなたなら、あなたにきちんと説明すればそれでいいことです」

「じゃ……えっと、今からでもいいですか。母は疲れたって寝ちゃって、親戚の人ももう帰ったんで、今なら家を出られるんです。でも遠くには行かれないけど」

「あなたの家の近くまで行きます。喫茶店とかファミレスとか、ないかしら、近くに」

「あります。えっと」

希里子はもより駅の名前と、駅から歩いて五分くらいのところにあるファミレスの場所を教えてくれた。もより駅は杉並区、一度渋谷に出て山手線に乗り、新宿から中央線となると、一時間はかかりそうだ。時計を見て、待ち合わせ時間を決め、電話を切った。

呆然としている暇すらない。弥々に電話して助けを求めようかとも思ったが、弥々は村井のプライバシーに関して、何か知っていてあたしに隠している。だとすると、事態を把握する前に弥々に相談したら、かえって事が悪い方に流れる可能性もある。とにかく、喪服を脱いだ下着姿のままではどうにもならないので、ジーンズと男物のコットンシャツ（これが夏のあたしの定番なのだ）に、財布とハンカチだけポケットに押し込み、ばたばたと部屋を出た。

2

乗換がスムーズに行ったので、一時間かからずにファミレスに着いた。村井希里子はすでに禁煙席に座り、アイスティーのストローをくわえていた。遺族席にいた時よりは可愛らしく見えるのは、制服ではなく、ピンク色にきらきらスパンコールでハートが描かれたTシャツを着ているせいだろう。記憶に残っていた通り、とても目の大きな子だった。少しだけ体重が標準をオーバーしている感じはあるが、健康的で、印象は悪くない。男の子にモテモテ、というタイプではないにしても、人気はある方なんじゃないかな、と思う。村井編集長に似ているのかどうかは判断できなかった。何しろあたしは、村井さんの顔をろくに憶えていないのだ。

「お母さま、大丈夫ですか」

とりあえず、訊いてみた。希里子は頷いた。

「疲れているだけです。父が死んでから、すごくばたばたしちゃって。でも初七日も一緒に済ませちゃったから、後は、四十九日まですることもないし……」

「ほんとに……大変でしたね。突然で」

希里子は、笑顔の出来損ないみたいな表情をつくった。

「身勝手ですよね、あたしの父。自殺するなんて……」

「そこまで決心するには、いろいろ葛藤があったと思いますよ。……ごめんなさい、わかったような口をきいてしまって」

「いいんです。あたしこそ……早とちりしてたみたい」

希里子は、首を傾げてあたしの顔を見て、それから小さく溜め息をついた。

「高遠寧々さん、ですよね、ほんとに」

あたしは質問の意味がわからずにきょとんとしたが、とにかくポケットを探り、財布と一緒に持ち歩いている社員証を取り出して机の上に置いた。ウエイトレスが注文をとりに来たので、反射的に、バナナジュース、と告げる。このファミレスは全国チェーンであちこちにあるのだが、バナナジュースがおいしいのだ。

希里子は社員証に触らずに顔だけ近づけ、それから頷いた。

「……ほんとだ。まさか同じ会社に同姓同名の人なんていないですよね」

「この名前はあたしひとりです。田中さんと佐藤さんなら何人かいますけど」

「じゃあ……人違いでした」

希里子はテーブルにおでこがつくくらい頭を下げた。

「お騒がせしてすみませんでした」

「あの……どういうことなのか、もう少し説明してくださる？　なぜ、あたしの顔を見ただけで人違いだってわかったの？　高遠寧々と名乗る別の女の人でもいたんですか？」

「これです」

　希里子は、ＣＤケースを一枚、テーブルの上に置いた。音楽ＣＤかと思ったがそうではない。何のラベルもない、白一色のおもて側が、透明なプラスチックケースの中にある。ＣＤ－Ｒか。何かのデータ？

「父のパソコンの中にあったんです。父が死んで、自殺かも知れないと警察の人に言われて、遺書がないか探してくれって。最近は、紙に遺書を書いておかないで、パソコンの中に遺す人がいるんだそうです。母はパソコンに詳しくないんで、あたしが父のパソコンの中を探しました。そしたら、日記みたいなものがあったんです。日記、とは書いてなかったけど、一年くらい前から、日付と出来事がしるしてありました。その中に、高遠寧々って人が出て来て、父と……不倫してました。父は、その……克明に？　でいいんですよね、うんと細かいって」

「ええ」

「克明に、書いてました。どこで食事したとか、どこに泊ったとか……」

あたしは思わず、空咳(からぜき)をした。今どきの中学生なのだから、そういうものを読んでも死ぬほどショックは受けないだろうが、自分の父親が、妻ではない女とデートしてえっちしている様を文字に書いて読まされるのは、どんなにか辛(つら)い体験だったろう。

「でも、高遠寧々って人、長い髪の毛で、踵(かかと)の高い靴ばかり履いてて……その……とてもお洒落な美人なんです。……この中に書いてある通りだと」

かちん。

つまりそれはなんですか、あたしはお洒落じゃなくて不美人である、だから人違いであった、そういうことですか。

……そりゃ確かに、あたしは髪、伸ばしてないし、いつもぺたんこ靴しか履かないし。

だ、だけどさ、一目見た瞬間に、あ、人違いでしたー、とあっさり言われるほど、落差があるわけ？　だったらこのＣＤ－Ｒの中に村井さんが記した高遠寧々、って、いったい誰なのよ。他人の名前を勝手に使って妻子持ちと不倫してた女がいるってこと？

「これ、ほんとに日記なの？」

あたしは思わずCD－Rを手に取った。

「高遠寧々、っていうのは間違いなくわたしの名前です。なのに、わたしとは明らかに違う女性が、村井編集長と付き合う時にわたしの名前を騙った、そういうことなのかしら」

あたしは自分で言って、自分で首を振って否定した。

「あり得ないわ。いくらわたしと村井さんとは、ごくたまに挨拶を交わす程度だったと言ったって、まったくの別人がわたしの名前を騙れば、おかしいって気づいたはずだもの。確かにうちの社は社員数が多いけど、でも村井さんは編集長だったから、予算のこととか経費の問題とかで、経理部とは何かと折衝していたはずよ。高遠寧々なんて……そんなにごろごろある名前じゃないでしょう？」

「でも、確かに日付と細かい出来事が綴ってあるんです。日記だと思います。あの、もしかしたら……仮名のつもりだったのかも」

「仮名……」

「ワープロソフト使って書かれてましたから、名前の全文一括置換なんて簡単です。たとえば、最初は本当の名前で書いてたけど、自殺しようと決意した時に、高遠さんの名前を借りて実名を隠したとか」

「……亡くなった方の悪口を言うつもりはないけど、そんなのって……わたしにはものすごく迷惑ですよね」

「はい。でも、高遠さんの名前にしておけば、読んだ時に本人と別人だってすぐわかるから」

かちんかちんかちん。

死んじゃった男相手に喧嘩はできないけど、もしそんな理由であたしの名前を使ったんだとしたら、蹴ってやりたい。

それにしても、この娘はなんて落ち着いているんだろう。まだ中学生のはずだけど、父親が若い女と不倫していた、という事実そのものをこんなに冷静に受け止められるなんて、もしあたしだったら、おとーちゃんのばかー、とかって大泣きして、ふてくされてしまいそうなんだけど。

「父は、へんでした」

まるであたしの心を読んだみたいに、希里子は唐突に言って、アイスティーを飲み干した。

「バナナジュース、おいしいですか？」

訊かれて初めて、あたしは、自分の前にいつの間にかバナナジュースが置かれていて、しかもいつの間にか、ストローを突っ込んで自分がそれをすすっていることに気づいた。

「あ、うん、ええ、おいしいわよ。ここのチェーン店のバナナジュースは、牛乳をジャージーミルクにしてるから、濃くておいしいの。アイスクリームみたいよ」

「へえ」

「あ、よかったら注文して。もちろん、わたし、奢(おご)ります」

「そんな、いいです、割り勘で。勘違いしてたのわたしだし」

「いいのよ、そういうこと、気にしないで」

あたしはウエイトレスを呼んで、バナナジュースを追加した。

「どのくらい前かな……一年くらいかな。父はなんとなく、わたしや母の前でも上(うわ)の空でいることが多くなって。母は真面目(まじめ)に、父に精神科を受診させようとしたこともあったんです」

「それじゃ、鬱病だって気づいてらしたの」

「いえ、はっきりと鬱病だと判(わか)っていたわけじゃありません。ただ、ストレスが原因で心身症みたいな状態じゃないか、そうは言ってました。父は、仕事が忙しいからだって言って、病院に行こうとはしなかったんです。そのうちに、父の様子も落ち着いて来て、母も何も言わなくなりました。でもその頃から、父が何か、わたしと母に隠し事をしているのは、なんとなくわかるようになったんです。何を隠しているのかまでは想像できなかったけど……」

「じゃ、なんて言えばいいのか、その、覚悟、みたいなものはできていたんですね」

希里子は頷いた。

「ママも……母も、父に付き合ってる女の人がいると思ってた。わたしに、言ったんです。あなたはもう大人だからわかると思うけど、パパの気持ちはママから離れてしまった。もしかしたら、離婚することになるかも知れない、って」

「編集長の口から、離婚の言葉は？」

「離婚、とはっきりは言いませんでした。でも……ある日、母が父にかなりきつく、どうして上の空なのか、何を考えてるの、って言って、口論みたいになった時、父が言ったんです。もしかしたら、しばらくの間、家庭を離れて暮らすかも知れない。ちゃんと生活費は送るし、住まいのことも心配はいらない、自分がよそに部屋を探すから、って。そして、決しておまえたちのことが嫌になったんじゃないし、裏切るつもりもない。信じて待ってて欲しい、って」

「信じて待ってて欲しい……それって、編集長は離婚なんかするつもりなかった、ってことじゃない？　ほんの一時は、ごたごたして別居になるけど、必ず戻るから、そう言ったってことじゃ……」

「わかりません。わからないんです。その時はわたしも、パパは戻って来る、そう思いました。でも……こんなことになってみて、もうわからなくなっちゃった。とにかく、父が浮気していて、母とわたしを裏切った、そのことは、もうだいぶ前に知ってました。自殺、っていう結末までは想像してなかったけど……冷たい娘だって思われそうだけど、わたし……自分が悲しいのかどうかも、今はまだよくわからないんです」

「アドバイスにはならないかも知れないけど、無理に悲しんでるふりをしたり、お父さまのことばかり考える必要はないんじゃないかな。……そういうことって、時と共に心も変化するものだし……泣いて喚いていなくても心から悲しんでる、ってことだってあるし。他人の目から見てどうこう、なんて、今は気にしなくていいわよ。大事なのは、あなたとお母さまの心とからだ。それだけなんだから。ただ……なんとなくわたしには、編集長が離婚するつもりだったようには思えないな。たとえ、若い女性と交際していたのが本当のことで、その女性から離婚を迫られていたとしても、最後はあなたたちのところに戻りたかった、そんな気がします」

「そう思いたいですよね。ママだって……でも」

希里子は、中学生にしてはちょっと切な過ぎる溜め息を漏らし、CD-Rをあたしの方へと押し出した。

「これ、読んでください。わたしにはわからなくても、もしかしたら高遠さんになら、いろいろわかること、あるかも知れないと思うんです。それに、どうして高遠さんの名前を借りたのかも、知りたいし。仮名だとしても、実際に会社にいる人の名前なんて使ったの、やっぱりおかしいし」

「でも……日記だとしたら、すごくプライベートなことが書いてあるんでしょう？　ごめんなさい、あたし本当に、編集長とは……友人とも言えないくらいの関係だったから……」

「でも、名前を無断で使われたんだとしたら、それがどうしてなのか知る権利はあるはずですよ」

ほんとに、おそろしいような言葉をぽんぽん口にする中学生だ。あたしはまじまじと希里子の顔を見た。世間は、成人式で暴れたとか、そこら中に落書きをするとかいう理由で、今の子供たちは精神的に幼稚だとか決めつけているけれど、どうしてどうして、あたしなんかよりずっと大人じゃないの。

「母には言いません。警察にも、誰にも言いません。内緒です。わたしと高遠さんと二人だけの秘密です。だから、読んでみてください。わたしには、会社のことはよくわからないし、高遠さんの名前を使って隠している女性が誰なのか、きっとその人の特徴はここに出ていると思うんです」

「でももし、それがわたしにわかったとして……名前を聞いて、希里子さんはどうするつもり？　今みたいに、直接はなしをするの？」

「そのつもりです」

希里子は、はっきりと頷いた。

「日記の最後は、その女性に捨てられた父の心情が書かれています。誰かを好きになっちゃったら止められない、だからわたしや母がいても父と付き合った、それはもう仕方ないけど、でも、離婚までしようとしていた父をあっさり捨てるなんて、そんなこと、ゆるせない」

「わかるけど……それは……犯罪とかではないし……」

「気が済まないんです！」

　希里子はきつい目に涙を浮かべていた。

「何か言ってやりたい、怒ってる人間がいるんだってわからせたいんです。世間とか、その人の友達とかはゆるしても、わたしはゆるさない。誰かに憎まれてるってこと、教えてやりたいんです」

　少女は切実だった。あまりにも、切実で、真剣だった。そんなことしてもなんにもならないわよ、とか、大人にそういうこと言っても無駄よ、とか、そうやって言いくるめたりごまかしたりは、とてもできない。

　逃げることはできない。はっきり言って、あたしには無関係なことなのですごく鬱陶しいんだけど、それでも、今ここで逃げてしまうのは、大人としてゆるされない、そう思う。

　何にしたって、あたしの名前が使われたのは事実なんだし。その理由は、あたしだって知りたいんだし。

「わかりました」

あたしは、CD－Rを手にして、もう一度溜め息をついてから、それを胸に抱くようにして持った。バッグもポーチも持たずに飛び出して来てしまったので、そうする以外にないのだ。

「あ、これ、よかったら」

希里子が、小さな紙袋を渡してくれた。どこまでも気のまわる、大人びたガキ。しかもこの紙袋……なんでシャネルなのよー。いったい何を買ったのよ、中学生がっ。しかし今はそんなことで説教を垂れている場合でもないので、黙って紙袋を受け取り、CD－Rを入れる。

「でも、ひとつ約束して」

あたしは身を乗り出し、真剣さが少女に伝わるように言った。

「このこと、内緒にしてくれるって言ったわよね。それ、信じるから、だからこのこと、絶対に誰にも言わないで。そしてね、もしわたしが、あなたのお父さんと交際していたのが誰なのか判って、それをあなたに告げたとしても……こんなふうに呼び出して、ひとりで逢っちゃだめ。うざったいと思うだろうけど聞いて。大人って、ずるいのよ。ずる賢いし卑怯だし、自分を守る為だったら何でもするの。だからね、たとえ相手が女の人でも、危険になることもあるの。あなたを騙すくらいは平気でするだろうし、あなたに責められたことが不愉快だと思えば、どんな仕返しを考えるかわからない。ううん、その女性がいい人で、その人はあなたに謝ってくれたとしても、その人の周囲の大人たちがどう考えるかわからない。いずれにしても、あなたひとりで解決できる問題でもないし、あなたがすっきりしたい、って気持ちはわかるけど、その為に問題が大きくなっちゃえば、お母さまだって傷つくかも知れない。だから、ひとりではその人に逢わないで。それを約束してくれないと……わたし、教えない。たとえ相手が誰なのかわかったとしても、教えることはできないわ」

「でも、だったら高遠さん、一緒にその人に逢ってくれますか？」

「場合によっては、ね。相手が誰なのかわかった時、わたしもわたしなりに、どうすればいちばんいいか考えます。それを信じて欲しいの。もしその女性がわたしの……知り合いならば、その人の方からあなたやお母さまに謝るように説得するかも知れないし、そうでなければ、誰か適切な付添人を探すかも。いずれにしても、まずはあなたがわたしを信じてくれないと」

希里子は、少しのあいだ下を向いていたが、やがてあたしの目を見て、頷いた。

「わかりました。高遠さんのこと、信じます。だから、わたしのこと騙さないでくださいね。お願いします」

希里子の生真面目なおじぎに、あたしはつられて頭を下げながら、黒く艶やかな少女の髪のつむじが、頭頂部のものと、それより小さいのが左下にあるのに気づいていた。

つむじが二個。

頑固者の、証拠。

3

「ど」

弥々の口元から、はみ出しているポテトが、落ちた。驚愕に見開かれた目。ちょっと痛快。あたしに隠し事なんかできると思うなよ、って。

「どうしてそれ……知ってるの……寧々」

「それを言うなら、どうして教えてくれなかったのよ、弥々。あたしがそんなお喋りじゃないこと、弥々がいちばんよく知ってるでしょ。第一、あたしが社内のことをぺらぺら喋れる相手なんかあんたしかいないんだし。あたしさ、ちょっと傷ついたってゆーか。弥々に隠し事されるなんて、思ってなかったしー」

あたしはビッグマックを包まれたままの状態で上からむぎゅっと押した。こうして少しおいてから紙をはがせば、一段目と二段目に分解しなくても食べられる。

「だって……亡くなった人との約束だったんだもん。誰にも言わないでね、って言われたんだもん」

「そりゃま、わからないでもないけど。でもさ、あれ、弥々も読んだんでしょ？」

「ううん。読ませてくれるって言われてたけど、結局……読んでない」

「なんだ、読んでないのか。読んでたら、あたしには喋ってもいい、ってわかったと思うけど」

「なんで？」

「ちょっと読んでみてよ。そしたらわかるから」

あたしはプリントアウトしたテキストを弥々に手渡した。弥々が読んでいるあいだに紙をはがし、ビッグマックに咬みつく。びよっ、と、横にタルタルソースがはみ出るけど、あとで手を洗えばいいや、と指先でこそげて舐めた。

「ひゃー」

弥々が奇妙な声を出した。

「なんじゃこりゃ。ヒロイン、名前、あんたになってる」

「使用料よこせとは言わないけどさ、村井さん、一言くらいあたしにことわってくれればよかったんだよね。そしたら娘さんに誤解されることもなかったのに」

「でも確かに、これ、日記だと思っても無理はないよね。……これが小説だなんて、むしろ寧々、よく気づいたねぇ」


そうなのだ。希里子が村井のパソコンから抜き出したデータは、村井の日記ではなかった。それは、小説だった。つまり、フィクション。もちろん、若い女との恋愛の一部始終も。


「細かいとこが、違ってるのよ」

「細かいとこ?」

「うん。たとえばね、カフェテリアの椅子の色とか、警備員室の窓がサッシ窓になってたりとか、経理のコピー機の使い方とか。カフェテリアの椅子もテーブルも、うちのはオレンジ色でしょ、この中ではクリームイエローだってわざわざ書いてある。警備員室の窓、うちの会社のは木の枠の引き戸で、サッシじゃない。コピー機は、この中に描かれているのはずっと前の機種のもので、今のは複合機になってるから使い方が違うし」

「うわ、寧々ってば、こまかーい。あたしそんなこと、気にしたこともなかった。カフェテリアの椅子の色だって、誰かにクリームイエローですよね、って訊かれたら、はい、って答えちゃうよ、きっと。毎日のように行ってるのに」

「弥々には言ったでしょ、あたし、会社の模型作ろうと思って、社内のいろんなとこ写真に撮ってるのよ。データとして記録した画像を見ると、毎日なにげなく座ってるカフェテリアの椅子が、派手なオレンジ色なんだ、って気づいてびっくりしたりするわけ。もちろんそんな細かいこと、小説ならどうでもいいって言うか、自分が好きなように書けばいいよね。でも日記だとしたら、わざわざ事実と違う描写にするのはおかしいでしょう?　まるで誰かが日記を読むのを当たり前と思ってて、カモフラージュしてる、そんな感じだものね。中学生の交換日記ならいざ知らず、大人だよ、それもいいおじさん。いったい誰に、自分の日記なんて読ませる?　そう考えたら、いろんなことが繫がったのよ。弥々、村井さんのことではなんだかちょっと、おかしかった。あの人を追い詰めたのはあたしじゃない、なんてわざわざ言ったりして。それってさ、社内のどこかで、弥々と村井さんのことが噂になってるから、それを否定したかった、そんなふうに受け取れるよね。でも、弥々のことだもの、恋愛してるんならどんなに隠したって、あたしにわからなかったはず、ないと思った。ってことは、不倫の噂をたてられてはいるけど、それは違う、でも、噂の元になるようなことはしてた、だから否定し切れなかった、そういうことかなぁ、って。で、村井さんが弥々と、会社のこと以外で会ったり話をしたりするとすれば、何のことだろう？　そうなればぴんと来るじゃない。だって弥々の唯一(ゆいいつ)の趣味が、ホモでえっちな小説書いて同人誌作ってコミケで売ることなんだもん」

「ホモって言うなっ。障害の大きい愛、と言ってちょうだい。えっちな小説じゃなくって、官能小説なのっ」

「なんでもいいよ、どうせあたしはあの手のもんは読まないもん。でもさ、まさか村井さんがエロＢＬ小説書いてコミケで売るわけないから、だとしたら、こっそり小説を書いていて、自費出版か何かしようと思ってて、でも業界って狭いから、うちの会社と取引のあるようなとこから自費出版するわけにもいかなくて、それで同人誌とか自費出版に詳しい弥々に相談したのかな、って想像したわけさ。それなら、あたしの名前が無断使用されてたわけもわかるもんね。弥々が、いいですよ、どうぞ使ってください、どうせ本人には不釣り合いな名前なんですから、とか言って、あたしの名前を使わせるように仕向けたんでしょ！」

「そんな自意識過剰な。たださ、なんか可愛くて感じのいい名前、知らないかな、って訊かれたから、ぱっと思いついたあんたの名前を言っちゃっただけ。だってまさか、ヒロインに使うなんて思わなかったんだもん。脇役ならいっかな、ってさ。そしたら村井さん、笑って、黙って使ったら怒られちゃうから、もっといい名前を思いついたら一括置換するよ、って」

「つまり、仮名に使う、ってことか」

「暫定（ざんてい）処置。女A、ってするよりは、雰囲気出るじゃん」

「うんもー、故人の悪口は言いたくないけどぉ、人騒がせなんだから、村井さん。おかげであたし、村井さんの娘に不倫女呼ばわりされたんだよ」

「しかも、日記形式の小説、だもんね。……でもね、村井さん……たぶんあたしにしか、言えなかったんだと思うんだ。小説を書いてる、ってこと。普通の会社なら、趣味で小説書いてるって言っても、へぇー、って言われるだけで済むけど、うちの会社だとさ、微妙だもんね。編集者から作家になる人ってほんとにいるし、噂が会社の外に漏れれば、読ませろ、って作家とか現れるかも知れない。だから他の人には何も言えなくて、あたしに相談したんだと思う。……休みの日にも何度か、村井さんと一緒に同人誌の即売会なんかに行ったんだ。あたしの話を聞いて、見てみたいって言われて。二人でいるとこ、知らないうちに会社の誰かに見られてたのかも知れない。村井さんが自殺して、ごく一部だけど、あたしのせいだ、って噂が流れてるって小耳に挟んでさ。悔しかったけど、でも、村井さんとの約束だったから、小説のことは言えなかった」

「でもさ、それじゃ不倫の噂、広まっちゃうかもよ」

「いいよ、広まったって。どうせあたし、カレシとかいないんだから」

「そういう問題じゃないでしょうが。このままだと、村井さん殺したみたいに言われるんだよ、弥々」

「それでもいい。村井さんと内緒にするって約束したんだもん、内緒にする」

「頑固なんだから、弥々」

「いいんだってば。だって……村井さん、苦しそうだったんだ」

「苦しそう？」

「うん」

弥々は、下を向いた。

「……なんかね……人間関係がうまくいってなかったみたい。詳しいことは知らないよ、聞いてないし。でも、小説を書いている時だけは、会社であった嫌なことみんな忘れられる、なかったことにしちゃえる、だから楽しい、って。日記形式の小説を書いたのも、そのせいかも知れない。日記みたいに日付を記して、その日にあった出来事みたいに書くことで、本当にその日にあった嫌なことは、まるでなかったことみたいに思えた」

「それじゃこれ……ここに書いてあることって、全部フィクションなの？　でも娘さんの話では、別居のことは現実の問題として村井さんから切り出した、って。不倫もしてないのに、どうして……」

弥々は首を横に振った。

「わかんない。……もっといろいろ訊いておけばよかったのかも知れないけど……あたしと村井さん、ほんとにただの、小説仲間だったから。村井さんが話さないことなら、知らなくていい。あたし、そう思ってたし。でもね、村井さんに本当に不倫してる女の人がいたなら、あたしなんかと同人誌の即売会に行く暇なんてなかったと思うよ。それでなくても毎日残業、休日出勤も当たり前みたいにして、新雑誌の仕事でめいっぱいだったんだもの。……忙し過ぎたんだよ、村井さん。奥さんや娘さんと別居したくなったのも、一緒に暮らしていても家族らしいことをしてやれなくて、それならいっそ、仕事が一段落するまで別々に暮らした方がいい、そんなふうに考えたからかも」

「この小説さ、タイトル、あったんだよ。娘さんは気づいてなかったけど。ファイル名のとこにはタイトルが入ってなかった。でも、プリントアウトしてみたら、ページごとの隅っこに、ちゃんと小さく、印刷された」

「……ほんとだ。まるでゲラみたい」

「そういうとこ、本職だから凝ってるよね」

あたしは、小さくプリントされた、小説のタイトルを読んだ。

『さびしい水曜日』

村井さんが編集長をしていた新雑誌の発売日は、毎月、第一と第三の水曜日。

自分が手塩にかけていた雑誌だったのに、その発売日がどうして、さびしかったんだろう……村井さん。

架空の日記、フィクションの現実の中で、水曜日は、不倫相手の女子社員が、社内研修で千葉の配送センターに通っている。恋しい人のいない日、だからさびしい水曜日。でも、わざわざそれを水曜日にした、ということは、やっぱり村井さん、自分の雑誌が店頭に並ぶその日に、さびしかったんだ。そんな気がする。

だけど、どうして？

わからないことだらけ。こんなにたくさんの同僚がいたのに、誰も、村井さんのことを知らなかった。

あたしのあの、模型の会社に置かれる人形たちと、どこが違うんだろう。

村井さんにとって、毎日通っている会社、という場所は、あたしの作る模型のようなものだったのかも。村井さんは、観察し、小説に書いた。あたしは撮影し、模型を作る。

あたしも、さびしいのかな。

水曜日だけじゃなくて、毎日毎日、さびしいのかな。

自分でもよくわからない。きっと村井さんにも、よくわからなかったんだ。村井さんは、自分がどのくらいさびしいのか、わかっていなかった。最後の最期（さいご）まで、わかっていなかった。

希里子ちゃんに、どう説明しよう。何と言えばいいんだろう。

とりあえず、カフェテリアに連れて行って、オレンジ色の椅子に座らせよう。そして、それから……

希里子ちゃんに見せてあげる。村井さんが見ていた光景を。村井さんが毎日観察していた人々を。それからあとのことは、希里子ちゃんが決めること。

あたしはふと、あれは小説じゃなくてやっぱり日記だよ、と少女に説明している自分、を思い浮かべた。ごめんなさい、ほんとはね、村井さんと不倫していたのはあたしです。そう言っている自分を。そうすれば、村井さんが水曜日にさびしかったのは、あたしが会社にいなかったからだ、ということになる。その方が、ちょっとは素敵に思える。他の理由よりは悲しくない、そんな気がする。

でも、違うんだ、と気づいた。村井さんは、自分がさ、び、し、か、っ、た、こ、と、を、知って貰いたかったんだ。そう思った。あの日記みたいな小説を読む誰かに、知って貰いたかった。だから、隠したらいけないんだよね。隠したら。

弥々が溜め息をつく。あたしも溜め息をつく。

お昼休みが、もう終わる。

甘くてしょっぱい木曜日

1

「あれって、イジメだよ、ぜったい」

弥々は怒っていた。色白なので怒ると目元のあたりがほんのり桜色になって、それなりに色っぽく見えたりもする。しかし、しょせんは弥々である。色気よりも食い気、怒りを鎮めるには空腹を鎮めるしかない、とばかりに、皿に山盛りにしたケーキを、かきこむようにしてフォークで崩して口に運ぶ。

ケーキバイキングも、一時のブームは終わり、ただ安いだけでは客が入らなくなったのだろう、スイーツ食べ放題のティータイムをもうける店は減ってしまった。でも残っている店はそれなりにレベルが高く、食べ放題、とはいえ、個々のスイーツがそれぞれにおいしい。もちろん、お値段の方もそれなりに高いんだけどね。

今日は、弥々が奢ってくれると言うのでついて来た。珍しく残業のなかった木曜日、定時退社してまずは銀座にてお買い物。何しろあと一ヶ月半でクリスマス、街はもう、冬のボーナス一括払いをあてこんだバーゲン・シーズンに突入している。弥々はなんだか、とてもイライラしているみたいで、あたしが止めてなかったら、まじに今度のボーナス分全部、一気につかってしまったかも知れない。それでもたった二時間かそこらで弥々がつかったお金は、一ヶ月分の給料より多かった。きっと明日になったら、後悔と自己嫌悪で弥々は寝込んでしまうだろう。

あたし自身は、ストレスがたまってもそれを買い物で発散する、ということがあまりなかった。いや、あった。あります。あるんだけど、弥々や他の同僚たちとは、買込む物がちょっと違っている。洋服とか靴とか音楽CDとかそういったものじゃなくて、あたしがヤケを起こした時に買うのは主に、接着剤、プラモ用の塗料、紙やすり、それからそれから……

そんなことはどうでもよかった。問題は、弥々の精神状態にある。

弥々は靴を三足とコート一着とブラウス二枚とスカート三枚にパンツ二本を買い、両手に提げた紙袋の重みでよろめきながら、なおも別の店へと突入しようとしていた。

さすがにこれは、なんかへんだ、と思ったあたしは弥々の腕を掴み、もうお腹減って我慢できない、今すぐなんか食べたい、食べに行こう、と引っ張って、前から入ってみたかったバスク料理のレストランに潜り込んだ。バスク、ってどこにあるの、と弥々に訊かれ、なんかスペインのどっかだったな、くらいの知識しかないあたしは適当にごまかしつつ、メニューを開いて首をひねった。見たことも聞いたこともない料理の名前。それでも、メニューに書いてあるからには食べられる物なんだろう、と、これまた適当に注文。で、出て来た料理は一瞬、ギョッとする見た目をしているものもあったが、とにかくどれもこれも美味で、弥々もこの時ばかりはイライラを忘れ、あたしたちはひたすら食べまくった。バスクがどこにあるかはわからなかったけれど、食はバスクにあり、とかいう言葉は嘘ではない。バスク料理は本当においしい。白魚みたいなちっちゃい魚はウナギの稚魚で、真っ黒な煮物はイカの墨で、と、お店の人が親切に説明してくれて、その説明が楽しくてついつい、すすめられるままにワインもたくさん飲んでしまって、店を出た時には二人ともなんとなく足もとがあやうかった。

で、あたしは言った。

「じゃ、帰ろっか。もうお腹はちきれそうだし」

が、同時に弥々はこう言ったのだ。

「じゃ、ケーキ食べに行こっか。今の店でデザート、食べなかったし」

この時点で、弥々の抱えているストレスの大きさは、ちょっと心配した方がいいくらいの大きさなのではないか、とあたしは思った。だってね、弥々ってば、ダイエットしてたんだよ、ここ一ヶ月以上。弥々の前ではスイーツの話は御法度で、一緒にコンビニにランチを買いに行く時だって、弥々に遠慮して、プリンとかゼリーのカップには手を出さないようにしていたのに。

なので、あたしは弥々にとことんつき合うことにし、紙袋を半分引き受けてぶらぶらさせながら、とあるデザート専門店へと向かったのだ。

その店は、最近雑誌に載って話題になった店で、丸の内の高層ビルの、最上階にあった。本来はフレンチレストランに付随したカフェだったが、レストランでコースを食べた客のデザートをそちらのカフェで出すため、デザート・バーがあり、別途料金を払えば、東京の夜景を楽しみながら、真夜中近くまでケーキやプディングが思いっきり食べられる、というのがウケて大人気になっていた。世の中、ダイエットブームのはずなのに、夜中に甘いものをこってりと食べる女がこんなにいるとは、驚きである。しかしその気持ちはわからなくもない。男性には、酒を飲んだあとでラーメンが食べたくなる、という人が多いらしいが、女の子は、ちょっとアルコールを飲んだあと、酔いざましに甘いものが食べたくなるものである。

幸い、とてもいい席がたまたま空いて、あたしと弥々とは、まるで宝石箱をひっくり返したみたいな東京の夜景のまっただ中に浮かんで向いあった。デザート・バーとは言っても、そこはフレンチレストランのオプションである。一般的なケーキバイキングみたいに自分で皿を持ってうろうろするというシステムではなく、ケーキワゴンがしずしずと席の横に押されて来て、その中から好きなものを好きなだけ選べば、ちゃんとお皿の上にコーディネートされたものが食べられた。が、弥々は、そんなお上品な食べ方では解消できないほどのストレスをお腹の中に抱えていた。何度も来て貰うのは悪いから、と言いながら、「全種類、食べます」と宣言し、給仕してくれた人が皿からはみ出さないように盛りつけるのに苦労するほどの大量のケーキを目の前にでん、と置いて、いざ、とフォークを振り上げた。あたしは、と言えば、バスク料理でいい加減お腹いっぱいで、林檎のパイを細く切って貰い、それに栗のアイスクリームを小さく盛りつけてもらったもので、もう充分、満足している。そのあたしの目の前で、弥々は、フードファイターの素質があるんじゃないかしら、と思えたほどのスピードで、がつがつとスイーツを口に詰め込んだ。小粒のダイヤモンドとトパーズを敷き詰めたような夜景の美しさも、弥々の食いっぷりの前では、その印象度において大きく負けている。って言うか、この夜景のまっただ中に座って、そういうふうに歯をむき出してモンブラン食べるの、やめて、弥々。


「イジメなのよっ」

弥々がまた同じことを繰り返し、モンブランの最後のかけらを呑(の)み込んだ。あたしはフォークの先っぽで、弥々の皿からモンブランのクリームをちょこっと盗んで舐(な)めてみたけど、ものすごくおいしい。ちゃんと、濃厚に栗の味がする。

「わかったよ、弥々。で、誰にイジメられたの？　係長の西脇(にしわき)さん？　西脇美佳(みか)はしょうがないよ、お局(つぼね)役が自分で気に入っちゃってんだから、あの人。離婚歴二回だしさ、大目に見てやんなよ。ってゆーか、彼女が意地の悪いこと言うたんびに、どっちかっつーと同情のまなざしが集まってない？　あの濃いめの化粧もイタイ感じだし、あたしなんかむしろ、西脇美佳、頑張れ、って応援しそうになっちゃうけどなあ、あの人が爆弾落とすたんびに」

「ちがーう。西脇さんのことじゃない。あたし、あの人には好かれてんの」

「え、なんで？」

「うーん、同類だと思われてるっぽい」

「同類？　だって弥々、離婚歴どころか結婚歴もないじゃん」

「そうじゃなくって、ほら、あたしの趣味。いちおうさ、副業規程にひっかかるかも知れないんで、係長には説明したのよ。お金もうけが目的なんじゃなくって、好きでたまらないから同人誌やってます、って。で、一冊進呈したらさ、あの人、ちらっとめくって、あんぐり口開けて、どうして男同士でこんなことするの？　ってまじな顔で訊くからぁ、いろいろ説明がめんどくなって、ゲイだからです、って答えたワケよ。そしたら、なんかもう、すごく納得したみたいな顔になって、そぉう、そぉうよねぇ、弥々ちゃんはこういう世界に生きるのが似合うわねぇぇ、ふつーのオトコなんか、オンナを幸せにはしてくれないものねぇぇ、って」

「……ばかにされてない？　それって」

「されたかも。でもいいの、バカなふりは得意だもーん。なんたって上司なんだから、可愛(かわい)がられて損なことないしぃ。経理の上司はあの島さんでしょ、楚々(そそ)とした美人で仕事ができて、優しくて冷静で、良妻賢母だけどアタマが固くもなくて。あたしも島さんの部下になりたかったぁ」

「ま、確かに、島さんはいい人だけど」

でも不倫してたんだよ、編集二課の小林樹と。そう思ったけど、もちろんあのことは弥々にも内緒だ。

「西脇さんじゃないとすると、誰にイジメられたのよ。言ってごらん、仕返ししてあげるから」

「あたしじゃないのよ。イジメられてんのは……久留米さん」

「久留米さん……クルメさん……くるめ……、って誰だっけ」

「やっぱ知らない？」

「うーん、名前、九州っぽい人、ってカテゴライズしてあるのは、営業の福岡さんと、編集三課の熊本さん、広告宣伝部の宮崎さん……くらい。久留米さん、って人も、いたんだ」

「わーん、寧々のばかっ」

弥々はいきなり、フォークであたしの皿を突き、皿の上の林檎パイをぐしゃぐしゃに崩した。

「ちょっとぉ、なにすんのよ。発作起こさないでよっ」

「発作、発作、ほっさマグナーっ！」

弥々のフォークが皿の上で暴れて、林檎パイは粉みじんになった。その惨状と、それにもまして悲惨な弥々の駄洒落に打ちのめされて、あたしは口を開けたままでかたまった。

「発作まぐな」

まだ言ってる。弥々は、フォークであたしの林檎パイの海を二つに分けた。ぐい、と付けられた林檎パイ大地溝帯。

ぽたり、と落ちた、水滴。

うそー。泣くか、おい。

「……弥々？　どうした？　うん？　話してみ？　聞いてあげるから」

あたしは弥々の顔を覗き込んだ。弥々、はなみず垂れてるって。ティッシュを取りだして弥々に手渡す。ちーん。かむなよ、そんなでかい音たてて。

「……誰も知らないんだもん、久留米さんのこと」

「うーん、ごめん。ごめんね、だけどさ、うちの会社、社員と契約と、バイトまで入れたら、働いてる人、千人くらいいるでしょ、憶えきれないよ。経理でちゃんとお給料の計算する人だけだって、七百人以上だし。あたしが担当してる中には久留米、って名前、なかった、それだけのことだよ。で、その人、どの部署にいるの？　弥々とどういう関係なわけ?」

「……編集五課」

「五課。ってゆーと、自費出版部門か」

うちの会社は大手出版社、と世間に言われている会社だが、昔から自費出版部門も持っている。と言っても、最近流行りの、本当は自費出版なのになんとか協力出版とか適当に呼んで、なんでもいいからとにかく本を出したい、という人から大枚をふんだくる、あの商売じゃない。そのまんまの、自費出版だ。本を出したいと思う人が経費を負担して本を作り、その代わり、売れた本の代金の大部分を自分で貰う。地味な分野だが、ある意味、出版のもっとも根源的な姿でもある。利用するのは、各界の著名人や、政治家、宗教家、在野の研究者、趣味の俳人等々、実に様々で、何かの記念にパーティで配ったり、インターネットで売ったり、と、本の行く末もいろいろである。他の編集部と違い、著者から原稿をいただいて来る、という作業が不要で、〆切にも追われないので激務にはならない代わりに、経費を出すのが著者自身という特殊性から、著者に対して失礼のない対応が不可欠になるので、年配の編集者や、専門職として他社から転職した者が配属されることが多い。

「ってことは、よそから来た人？　最近の入社か。……もしかして、啓碧出版の関係

「……？」

弥々が、こくり、と頷いた。

あたしは、どんよりした。なるほど、元啓碧出版の人ならば、社内イジメの対象になってしまう、というのも、有り得ることだった。

啓碧出版は、うちの会社の創業者一族の遠い親戚筋にあたるらしい人物が経営していた出版社で、直販、買い取りを主体にした、こぢんまりとして堅実な会社だった。

一般に、中堅から大手の出版社は、取り次ぎ、と呼ばれている本専門の卸屋に本を委託し、その取り次ぎが各書店に配本する、というシステムに乗っている。本が再販指定商品であるという特殊性から、売れなくて古くなってもダンピングして在庫を処分する、という売り方ができないため、書店では、販売する気のない商品を返品という形で取り次ぎに返すことを認めさせている。再販指定商品であるため、そうした返品された本でも「古本」ではなく新品として、もう一度同じ価格で売ることができるからだ。従って、取り次ぎは常に、返品分を考慮して過剰に書店に本を卸し、書店はそれに対して、動きの鈍い本をどんどん取り次ぎに返品する。本の実売数字がなかなか把握できないのはそうしたシステムの為なのだ。が、直販される本は、取り次ぎを通さずに直接書店に持ち込まれ、買い取り販売の場合はさらに、原則、返品も不可である。こうした不利な条件では、普通のシステムのように大量の本が売れることはないが、売れた分は確実に利益になるし、中間マージンが発生しない分、利益率も大きくなる。出版社としては、巨額の利益を得て飛躍的に業績が伸びる可能性は少ないが、堅実で健全な経営ができる。啓碧出版も、そうした地道な出版社のひとつとして歩んで来たところだ。

　が、二代目が社長を継いで、欲を出した。キワモノの写真集や芸能人の暴露本をたて続けに刊行し、それらが売れた。直販で売れれば利益が大きい。調子にのって、次々と手を広げた。そして当然のように、躓いた。倒産の直接の原因は、詐欺まがいの教育教材販売会社と手を結んでしまい、巨額の赤字を出したことだったらしいが、それ以外にも、無謀な経営拡大のツケが一気にまわって来て、倒れてしまった。その倒産した会社を解体して吸収し、ついでに、行き場のなくなった社員を何人か引き取ったのがうちの会社だった。もともとは創業者一族と縁続きの人間の会社であり、何十年と、同じグループの会社です、というような体裁をとって来たのだから、仕方がないことだった。それでも、どう考えても損なこの吸収合併には、上層部にもかなり強く反対していた人たちがいたらしい。そんな状況下では、啓碧出版から移って来た社員に対して、社内で風当たりが強くなるのはある程度、予想されていたことだった。何より、啓碧出版の平均給与と、うちの会社の平均給与との差があり過ぎたことが問題だった。あたしは経理部にいる関係上、その人たちの給与が、うちの会社の社員にあてはめると最低ランクだというのは知っているのだが、それでも啓碧出版時代より、ほとんどの人が収入増になっているはずだった。自分の会社が倒産して、お情けで別の会社に引き取って貰ったのに、前より給与が上がるなんて、と、理不尽に感じる人が出て来るのも、ある意味、当然だろう。でもあたしに言わせると、そういう不満を漏らす連中は、あまりにも心が狭いと思う。その人たちの給与が上がったからって自分の給与が下がったわけじゃないんだから、別にいいじゃないの。うちの会社にはそれだけの体力があるんだし、世の中、すべてのことはまわりまわって、いつか自分のところにかえって来るものなのだ。啓碧出版の人たちだって、倒産したくて倒産したわけじゃないんだし。自分の給与が安いという不満ならいくら持ってもいいと思うが、他人の給与が高いことに不満を持つのは、他人の不幸を喜ぶ心と変わりない。あたしはそういうの、嫌いだ。

でも、会社ってところは結局、仲良しクラブじゃない。

「いい人なの、久留米さん。おじさんでね、大学出てからずっと啓碧出版で、美術絵本とか、和綴本とか、変わった本を作ってたんですって。倒産して、もう定年まで数年だし、再就職は難しいし、って途方に暮れてたら、うちの会社が社員を吸収してくれるって知って、うちの会社のビルに向かって手を合わせたくらい嬉しかったんだって」

「でも、全員引き取ったわけじゃないでしょ」

「うん、編集者と校正者、それにデザイン室の人だけだから、全部で二十人もいなかったはず。久留米さん、営業や製作の社員に申し訳ない、って言ってた」

「まあしょうがないよね、うち、営業はすごく人数多いし、だいたいさ、取り次ぎ営業の経験がない人たちじゃ……製作は、別にグループ会社持ってるしねぇ」

「編集者も、四十代以上の人は引き取らなかったんだよ。知ってた？」

「あー、なんかそんなことも聞いた」

「それって残酷だよね。むしろさ、若い人は他の出版社に就職できる可能性が高いんだから、四十代以上の人を引き受けてあげたらよかったのに」

「うーん、でもうち、そのくらいの年齢になるとかなり高給とりになっちゃうでしょ。役もついちゃうし。やっぱ、難しいんだよ、いろいろと」

「わかるけどさ……」

「ねえ弥々、あたしとかあんたって、コネ入社だってことで、いろいろ差別されちゃうじゃん。失敗すれば笑われるし、うまくやったって、色眼鏡で見られるし。うちの会社みたいに、新卒で入るのがすっごく大変な会社ではさ、コネで入った、ってだけで、ある意味、罪なわけよ。なのに、それを途中から入って、新人時代も経ないでいきなり役付き、なんてことには、やっぱり出来ないでしょう」

「そうだけど……理屈はわかるけど」

「でもその久留米さん、って、おじさんなんでしょ。よくうちに入れたね」

「和綴本とか、豪華本の編集に詳しかったんで、技術者として認められたみたい。今も、編集五課にはいるけど、特別製作の本とか手がけてるの」

「ふーん」

あたしは、空っぽになった皿を睨(にら)んでいる弥々をじっと見た。

前々から、弥々にはファザコンの気があると思っていた。少し前、鬱病(うつびょう)で自殺した雑誌編集長との間にも、恋愛とは呼べないだろうけど、なんとなくほわんとした、友達って言うよりは、仲のいい父と娘、みたいな不思議な関係を持っていた弥々である。またぞろ、中年のおじさんに、ちょっとホの字になりかけているのかも知れない。

「で、さ」

あたしは慎重に言った。

「その久留米さんが、編集五課でイジメに遭ってる、ってことなわけ?」

弥々は頷いた。ついでに、通りがかったギャルソンに、ケーキの追加を頼んだ。

「四課と五課の兼任で、部長の鈴木」

弥々は、ぺっ、と吐き捨てたみたいに名前を出した。うーん、とあたしはまた、どんより唸る。鈴木部長。わかる。わかるな、あの人だと。テレビドラマで、嫌な上司役でもさせたらどんぴしゃり、って感じの男なのだ。まだ四十そこそこなのに部長なんだから、むちゃくちゃ優秀な人らしいんだけど、とにかく、目つきが悪い。特に女子社員を見る時、すっごく険悪な細い目をする。若ハゲなのは本人のせいじゃないんで気の毒なんだけど、それならいっそ坊主にでもしちゃえば潔いのに、少なくなった前髪を長く伸ばして禿げを隠そうとしてるから、なんとも笑っちゃうような髪形になっている。でもたぶん、カノジョがいないので、注意して貰えないのだ。しかも、背が低くて、だから細い目で下からじろっ、と見上げて来るんで、余計ぞっとする。

わかってる。わかってます。あたしだって、天下堂々のブスである。人を見た目で判断するなんて最低だし、見栄えが悪いからって、カノジョもいないだろう、なんて失礼な想像する権利なんか、誰にもない。あたし自身、そうした差別ではさんざ腹をたてて来たんだから、鈴木部長のことだって、もっと公平に見てあげないとならないのは、ほんと、わかってます。

でも、やっぱり、見た目であまりにも感じ悪い人、ってのは、分が悪いのよね。しかもその外観を裏切らず、鈴木部長は、辛辣で皮肉屋で、おまけに女性差別主義者なのだ。もちろん、ニワトリが先か卵が先か、ってことなんだろうけど。見た目で女性に差別されるから、自分も女性を差別するようになったのかも知れない。

いずれにしても、女子社員の間で鈴木部長の評判は、当然ながら、かなり悪い。が、編集四課にいる同期の女の子は、上司として考えたら最悪ってほどでもないよ、と言っていた。部下に無理難題をふっかけて、こなせないのを見て鼻でわらうような意地の悪さはないし、嘘もつかない。部下が残業していれば、お茶菓子でも買えよ、と千円札二枚を机の上に置いてくれることもたまにはあるし、部員が暇な時期には、飯でもどう？　とみんなを連れてイタリアン、なんてこともあるらしい。かと言って、飲み会のあと、二次会だ三次会だといつまでもつきまとってうざったい、ってこともなく、一次会だけでさっとひきあげてくれる。だからその子は、見た目はともかくとして、鈴木部長の部下で損した、と思ったことはない、と笑っていた。女性差別的発言はやはりするようだが、「そんなの鈴木部長だけじゃないじゃん、馬の耳になんとかで聞き流せばいいいよ」ということらしい。

「鈴木部長ってさ、確かにかなり感じ悪いけど、でも部下にはそんなに評判悪くないよ。弥々、その久留米さんがイジメに遭ってる、って、誰から聞いたの？」

「聞いたんじゃないの！　あたし、見たのよ。この目で見たの！　たまたまね、五課に用事があって行った時、久留米さんが鈴木に怒鳴られてたの。それがもう、すっごい剣幕で……定年まであと何年、って自分より年上の人に対して、あいつ、おまえ呼ばわりしてた。おまえなんか、倒産でもしなければこの会社には入れなかったんだ、仕方なく拾ってやったんだ、なのにまともに入社した連中の足を引っ張るつもりなのか、この役立たず、って……」

「……そんなひどいこと、言ってたの！」

弥々は悔しそうに頷いた。

「まわりに誰もいないならともかく、みんないたんだよ。久留米さんにとっては、娘とか息子ぐらいの若い社員もいたし、みんな、顔を上げられなくて下向いてたけど、聞こえてるに決まってる！　鈴木はわざと、みんなの前で久留米さんに恥かかせたんだよ！　ねえ、寧々、うちの会社ってヤクザじゃないでしょ、なんとかいう悪徳高利貸でもないでしょ？　まともな出版社でしょ？　なのに、あんなこと言う奴（やつ）が部長なんかやっててていいの？　いいと思う？　しかも、……しかも久留米さんの席、まるであてつけみたいに……本当に窓際に置いてあった。わかる？　ひとつだけ、窓際に寄せて、他の人の机と離して置いてあるんだよ！　あたし……あたし、恥ずかしい。まるで中学生のイジメじゃん、こんなの。あたしたち、大人なのに、世間から一流企業に勤めてるって思われてるのに……あんなのって、最低だよ」

　なんだか、すぐには信じられなかった。

　パワハラ、という単語は知っている。パワーハラスメント、つまり権力をかさに着た嫌がらせのこと。上司が部下に対して、職権を超えた異常な叱責（しっせき）をしたり、辱（はずかし）めを与えたりすることだ。これまでは、そんなの会社にはつきものでしょ、という感じで社会問題化しなかった暗部だが、上司から受けたパワハラが原因で鬱病になったり、心身症にかかったりした人たちが賠償を求めて提訴する動きが活発になり、日本でも社会問題として表に出始めている。パワハラが、中高年の自殺急増の一因になっているという説もある。

　知ってはいたけれど、でも、うちの会社にはそこまでのことはないよね、という能天気な感想しか持っていなかった。株式公開していない同族会社ということもあって、どことなくのんびりした社風だったし、何より、あたしがいる経理部は、出版社、という存在の中では、すべての競争から切り離された離れ小島みたいなところで、人事異動もほとんどなく、上司はみんなコネ入社、中間管理職は税理士資格を持った転職組、ヒラはやっぱりコネ入社中心、と、社内的ヒエラルキーが低い人間の集まりなのである。それだけに、波風は立ちようがなく、日々これ比較的平和、であった。数字を扱う部署なのでミスはつきもので、ミスすればそれなりに叱られたり、罵倒されたりもするのだが、心の底からあたしが憎いんでしょ、あんたは、というようなひどい罵声を浴びせられたことはないし、なんと言っても間に島さんが挟まっているので、かなり楽させて貰っている。そんな状態だったから、パワハラが現実にうちの会社でも行われているのだ、と知るのは、けっこうショックだった。

「でもさ、それ一度だけのことで、鈴木部長がパワハラしてるって断定するのはどうかなあ。そりゃ確かに、褒められた態度じゃないと思うけど、誰だって虫の居所の悪い日、ってあるし」

「窓際の机はどうなのよ！」

弥々は怒った目をあたしに向けた。

「あの机、その時一度だけ窓際に寄せられてた、って言うの？　そんなことあるわけないじゃない、久留米さんが入社した時からずっと、あそこにあるのよ！　久留米さんに対するイジメは、最初からなのよ……あたしね、久留米さんとは、通勤電車がいつも一緒なの。久留米さんがうちに入社した時から、ほとんど毎朝みたいに駅のホームで顔を合わせるんで、自然と挨拶するようになって」

「じゃ、弥々んちの近くに住んでるのね」

「うん。乗る駅も一緒。住所は、隣りの町だけど。毎朝、一時間近くも電車に乗ってて、その間にいろんな話をしたの。あたし、啓碧出版のことは何も知らなくて、随分無神経なこと訊いたりしちゃったんだけど、久留米さん、ちっとも嫌な顔しないで、なんでも素直に答えてくれて。ああ、この人、すごく正直で誠実な人なんだ、ってわかったの。それにね、久留米さんの娘さんも同人誌やってて、コミケにも出してるんですって。娘さん、まだ高校一年生だけど、将来は漫画家になりたいって、漫画雑誌のコンテストに応募してるんですって。そんなんで、いろいろ話が合っちゃって……」

やっぱりこの子はファザコンだ、とあたしは思ったけど、それも弥々の個性なんだから、弥々の好みに口出しするつもりはない。それに弥々は、自分ではあまり頭が良くない女の子、ってのを演出して生きているけれど、実はとっても頭のいい子なのだ。あたしにはわかる。だから、いくらほんわかした好意を久留米さんに感じているとしても、それで間違った恋愛に突っ走って、周囲を不幸にするような選択はしないだろう。……しないと信じてる。

いずれにしても、弥々と久留米さんとは、世代を超えて通勤友情をはぐくんでいるわけだ。その大切な友達が、罵倒され、屈辱にまみれている様を見てしまったのだから、怒り狂っているのも無理はない。でも、やっぱりあたしには、何か信じられない、という思いが強かった。四課の同期の子から聞いている鈴木部長のイメージと部下イジメとは、どうしても両立しない気がした。

ひとつだけ窓際に置かれた机。

その光景には、かなり惹きつけられるものがある。あたしのひそかな野望、うちの会社の1／150模型を完成させる、という壮大な計画の中で、その机は、とっても大切な役割を果たす、そんな気がした。あたしが、模型の世界に写しとろうとしているものの本質が、その机に凝縮されているのかも。そうよ、この機会を逃してなるものか。

「わかった、弥々。だったらまず、その証拠写真、撮ろう」

「証拠写真?」

「そう。窓際に置かれた机よ。人事部には、社内でセクハラとかあった時に相談する係がいたじゃない、その人のところに持ち込むの」

「机だけじゃ、証拠になるかな」

「もちろん、現場を録音か録画できればもっといいけどさ、鈴木部長だって、カメラ構えた人の前でそういうこと、しないでしょ? それにさ、要はパワハラをやめてもらって、久留米さんが気持ちよく仕事できるようになればそれでいいんだから、事を大きくしないで済めばそれに越したことはないじゃない。久留米さんだって、会社を訴える気はないだろうし。定年間近になってうちの会社を辞めるとなると、経済的にももったいないもんね」

「うん……娘さんの教育費がすごくかかる、って言ってた。私立に通ってるんで、大学まで付属なのはいいんだけど、その分、学費とか寄付金とか、高いみたい」

「そりゃ高いよ、大学の付属高校じゃ。だったらなおさら、ここを辞めたくはないよ、絶対。だから何されても我慢してるんだよ。だったら、人事部にねじこむ前に、鈴木部長に直談判する手もあるし、写真を匿名で送りつけて、人事部に知れたら問題になりますよ、って脅迫したっていいじゃない」

「……寧々」

弥々は瞬きした。

「コワイこと考えるんだね」

「べそかいてケーキのやけ食いしてたって、物事はよくならないの。本気で久留米さんのこと助けたいと思うなら、できることはなんでもしてみなくちゃ。鈴木部長がびびって、久留米さんに対して少し優しく接するようになればそれでいいんだから。どっちみち、鈴木部長は次の異動で、編集本部長か何かになるんじゃない？　そうなればもう、いちいち現場の社員を呼びつけて叱責する、なんて暇もなくなるんだし。本部長室は別室だもんね。せいぜいあと一年、久留米さんが辛くない環境ができればそれでいいなら、やってやれないことはないって」

あたしの言葉に、弥々は、こくん、と頷いた。

2

弥々を騙すつもりはなかった。もちろん、できれば久留米さんを助けてあげたい、という気持ちはあった。でも、その反面、大人同士なんだから、あたしたちが手を出さなくたって自分たちで解決出来る問題なんじゃないの、という気もしていた。なんといっても、編集五課には他の社員だっているのだ。部屋は確か、四課と一緒だったから、久留米さんと鈴木部長以外に四十人以上の人間がそこにはいるはずだ。もし部長の態度があまりにも常軌を逸していたら、弥々でなくたって久留米さんを助けてあげたいと思う人はいるに違いないし、いつまでもそんなパワハラなんかやってれば、そのうち、鈴木部長自身、信望をなくして自滅するだろう。

第一あたしたちヒラのコネ入社の事務職に、他人の面倒をみている余裕なんか、ない。弥々は人が良過ぎるのだ。自殺した編集長の事件の時も、弥々は結局、本当のことは黙ったまま、不倫女のレッテルを貼られて陰口を一身に受けた。でもそれから少しして、新雑誌の成長が思った以上に悪かったことや、自殺した編集長の奇妙な行動が次々と人の口にのぼって、ああやっぱりあの人は鬱病だったんだね、というところで噂は沈静化してしまったけれど。

とにかくあたしにとっては、机が動かされてしまう前に、窓際にひとつだけ寄せられているその光景を写真に撮って、模型のモデルにすることの方が重要だった。

でも編集五課にこれといった用事も思いつかなかったので、四課にいる同期の女の子をランチに誘う、という口実をでっちあげた。運良く、会社の近くに新規オープンしたベーグルハウスがあり、同期の金井桜子はベーグル大好き人間だといつも自分で言っている。内線電話でランチに誘うと、一も二もなく乗って来た。

「じゃ、昼休みになったら迎えに行くね」

「え、どうして？　玄関で待っててくれればいいのに」

「うん、でもちょうど、十二階に用事があるしさ」

　編集四、五課の部屋は十三階にあった。ということで、十二時ジャストにあたしは経理部の部屋を飛び出すと、ランチタイムの壮絶なエレベーター争奪戦に巻き込まれるより一歩早く、十三階にたどり着いた。今日はデジカメではなく、カメラ機能充実をうたった携帯電話を握りしめている。模型造りを始めてから、デジカメを持って社内をうろつくのには限度があるとわかり、大枚はたいて買った新型携帯だ。メガピクセル撮影可能手ぶれ補正機能付き。その他の機能については、携帯電話屋のお姉さんに説明して貰ったけれどよくわからず、取説のぶ厚さにくらくらして、今だに謎の機械のままである。でもいいのだ。とにかく、携帯電話なら、社内のどこに持ち歩いていてもあやしまれる心配がない。

　編集四課は児童書と絵本、五課は自費出版なので、両方が入っている十三階の広いフロアは、他の編集部よりもいくらかのんびりとした雰囲気に包まれている。あたしは、廊下に貼ってある読書感想文コンクールのポスターだとか、絵本フェアの見本、来年の春にアニメ化されることが決まった児童書の、キャラクターの等身大人形などを適当に撮影してから、桜子のいるブースに向かった。桜子は、離れたところからあたしに気づいて手を振ってくれた。これが狙いだったのだ。桜子はカメラを見ると写りたがるという、ほんのちょっとだけ美人に生まれた人特有の恥ずかしい特性を持っている。これがもっともっと美人だと、顔だけを評価されるのを嫌って、カメラ嫌いになるものなのだが。

あたしが携帯電話を構えると、桜子はものすごく嬉しそうにVサインを作った。可哀想なので一枚、撮ってあげてから、素早く携帯を動かして、編集五課の方に向ける。そこで撮影モードを最高画質、最大ピクセルに設定。この動作だけは何度も練習したから上手になった。そのまま、どこにピントを合わせるでもなく、編集五課の全景を撮影する。これでパソコンに画像を移して拡大すれば、きっと、窓際の机もはっきりわかるだろう。もう一度携帯を桜子に向け、そのままの撮影モードでも一枚、撮ってあげた。あとでプリントアウトしてあげれば、今日は奢るつもりのベーグルのお返しを期待できるかも知れないし。でも、窓際の机、はどこにあるんだろう。本当に写っているんだろうか。

「お待たせーっ。ケータイ、買い替えたんだー。いいなー。ね、ね、今の写真見せて」

あたしは液晶画面に桜子の写真を出し、見せてあげた。

「うわ、きれいー」

「メガピクセル、オートフォーカス、手ぶれ補正機能付き」

「うっそーっ。どしたの寧々、いきなり、メカに目覚めた？」

そんな大層なもんか。

「じゃ、行こか。新規開店だから、混んでるかも知れないけど」

「テイクアウトはできるんでしょ」

「ベーグル屋だから大丈夫だと思う」

「じゃ、混んでたらお持ち帰りして、噴水んとこで食べよー。あ、今の写真、あたしのケータイに送ってー」

あたしは携帯電話を操作しながらエレベーターに向かったが、結局、窓際に置かれた机の存在をはっきりと確認することができなかった。

ベーグル屋は大混雑だったので、テイクアウトにした。そのまま、会社の裏手にある区民公園に向かう。公園の中心に小さな噴水があり、その周囲には座り心地のいいベンチがあって、昼休みには、お持ち帰りランチやコンビニ・ランチ持参の会社人間たちがわらわらと集まって来る。

運良く、適度に日当たりがいいベンチが空いていたので並んで腰をおろした。桜子は大きな紙袋に一ダースもベーグルを買込んでいる。家に持ち帰って冷凍し、朝食用にするらしい。あたしは、オーソドックスなスモークサーモンとクリームチーズを挟んだものと、ブルーベリーを練り込んだ生地のものを買った。野菜が不足するけど、ま、一食くらい、仕方ないよね。

「あ、この、トマトとバジル風味のやつ、イケるよ、寧々」

桜子は幸せそうだ。

「寧々っていつも弥々とつるんでるから、わたし、誘ってくれてちょっと嬉しかった」

「え、どうして？　あたしなんか誘わなくっても、桜子のとこならランチ仲間、いっぱいいるじゃん」

「うーん」

桜子は、早くも二つ目をかじっている。

「意外とねえ、そうでもないよ。四課の女子は、あたしらの下の期の子が二人と、あとバイトの子なのよ。同期だから仕方ないけど、二人はいつもつるんでるし、バイトさんはバイトさんたちでかたまってるし。これまでずっと、五課の内野さんとか三田さんとランチしてたんだけど……今さぁ、五課、ちょっと雰囲気悪くって」

「……雰囲気悪いって……どうして？」

「啓碧出版のこと、経理の寧々なら知ってるでしょ」

あたしは、どきり、とした胸をそっと押さえた。

「うんまあ……あ、五課に、久留米さんっておじさんが入ったって聞いた」

「それなんだよねぇ……久留米さん。あの人、なんでうちになんか来たのかなぁ。針のむしろになることくらい、想像できたと思うんだよね。わたしなら絶対、来なかったよ」

「……経済的に仕方ないいんじゃない？　よく知らないけど、久留米さんって定年が近いんでしょ、今さら職探ししてもいい条件のとこなんかないだろうし。家族のこともあるからさ……」

「だーけーどー」

桜子はがぶり、とベーグルに咬みつき、もぐもぐと口を動かした。

「はっきり言ってさあ、こっちは迷惑だと思わない？　だって、啓碧出版が倒産したのってうちの会社のせいでもないし、関係ないじゃん。なのに、どうして社員まで引き受けないとならないの？」

「久留米さんって、そんなに感じ悪いの？」

「違う、違う。久留米さんは別に、感じ悪くない。ふつーのおじさん。でもさ、五課の人たち、やっぱ過剰反応気味なわけよ。だってうちにいれば、悪くても課長にはなってる年齢でしょ、それでヒラでいるだけでも、若い係長は気をつかうじゃん。しかも、仕事の流儀とかうちとは違うし。校正にいつ渡したかとかで、いろいろミスっていうか、他の人に迷惑、かかっちゃってるみたい。それに、なんかね、久留米さん、今どき、メールが使えないらしいのよ。現場にいない役員とかならメールが使えなくてもいいだろうけど、編集者で今の時代にメールが使えないなんて、もうそれだけでアウトでしょ、うちでは。だいたい、うちの会社、新卒の入社試験案内とかネットでしか配布しないし、申し込みもネットでしか受付けてないのよ。中途採用だって、ネットくらいは使えるのが常識じゃない？　経理の島さんとか、使えるでしょ？」

「それはもちろん」

「久留米さんに罪はないのかも知れないけど、あの人が入ってから、五課ってなんかぎくしゃくしてて、隣りで見てても雰囲気、悪くなっちゃってるのよ」

「それってさ、ほんとに久留米さんだけのせい？　あのさ、あたし、噂で聞いたんだけど、なんか鈴木部長が、久留米さんを目の敵にして虐めてるって」

　桜子は、三個目を手にして頷いた。

「すごいよ……毎日、あたしたちのとこまで、鈴木部長の怒鳴り声が聞こえてる。でもさ、あれもイジメってより、それだけ久留米さんがいることで、みんなが苛立ってるって言うか、鈴木部長がイライラしてるせいだと思う。ストレスなんだよ、あの人にも。あの人って、目つきとかかなーりイヤらしいけど、実は神経質で気の小さい人だと思うのよね。寧々、知ってる？　啓碧出版って、前社長の従兄弟だかまた従兄弟だかが作った会社で、前社長が資金貸したり、いろいろ手伝ってたらしいよ。なんかね、前社長が、うちの会社では作れないような、手作りの温かさのある本を啓碧出版に作って貰うんだ、って、かなりいれこんでたんだって。それってちょっと、失礼な言い方だよね。そりゃうちは大手って言われてて、どうしても、マスで物事進めざるを得ないけどさ、それでもわたしたち編集者は、一冊ずつの本にそれなりに思い入れを持って、ハズカシイ言い方すれば、心をこめて作ってんだよ。それが温かくないなんて……そんなふうに社長だった人が思ってたなんて、ちょっと悲しい。とにかくさ、だからうちの会社には、もともと、啓碧出版に対して、もやもやしたもの抱えてた人がいたんだと思う。それが前社長が急死したでしょ、で、今の社長はさ、啓碧出版の赤字を知って、見放したらしいの。うちが助ければ助かったかも知れないけど、もともとそんな義理はないし、って。社員を何人か引き受けたのは、その罪滅ぼしというか、経済マスコミとかに叩(たた)かれるのが嫌だったからだろう、って。だから……今の社長は……辞めて欲しいと思ってるんじゃないかな、啓碧出版から来た人たち、みんな」

桜子の声が、冷たくお腹に響いた。せっかくベーグルを食べたのに、食べ物から貰った熱がみんな消えてしまった。

構図が見えた気がした。

鈴木部長は、今の社長と縁続きなのだ……確か。そう、あの人もあたしと同じコネ入社。でもそれを忘れさせるほど優秀で、だからあの若さで部長になっても、それ自体に不平を言う社員はいなかったと思う。でも。

心の中で、コネ入社の若い上司をやっかみ、嫉(ねた)んでいる人は、きっと何人もいるだろう。そしてその人たちは、啓碧出版吸収にあたって、同族会社であるうちの会社の体質に対して、ずっと抱き続けている不満を爆発させる寸前なのかも知れない。桜子だって、前の社長が、自分の会社の編集者よりも啓碧出版の編集者を信頼していた、というように感じていて、そのことに強く不満を持っている。普通に考えたら同情して、もっと優しく考えてあげてもいいはずの久留米さんのことについて、桜子がこんな辛辣なもの言いをするのが、そのことを如実にものがたっている。

そして、鈴木部長は、神経質で気の小さい男だ、と桜子は言う。その通りなのだとしたら、鈴木部長の久留米さんへのイジメは、要するに、現社長に対する忠誠心を示したもの、言い方を変えればただのご機嫌とりなのではないだろうか。久留米さんの存在でなんとなく浮足立ってしまった編集五課、その微妙な反発を感じとって、鈴木部長は、啓碧出版排除の姿勢を見せることで、部下の信頼と社長の信頼、両方を得ようとしているのではないのか。

さもしい。実力でコネ入社のハンデを払拭して来たはずの鈴木部長が、そんなさもしい保身に走るなんて。

でも、論より証拠、直接には関係のない桜子でさえが、鈴木部長を非難する気持ちよりも、うざいから久留米さんには辞めて貰いたい、というニュアンスのことを言っているのだ。たぶん、五課の人たちの態度はもっと露骨なのだろう。

誰も久留米さんを助けない。味方なんかしない。パワハラを受けている定年間近のおじさんを、みんなで見殺し。久留米さんが自分から辞表を出して消えてくれることを、こっそり、願って。

ぞっとした。

背中が冷たくなった。

編集五課の人たちの顔を思い浮かべる。誰ひとりとして、すごく嫌な奴、なんかいない。評判の悪い人すらいない。あたしにとっては、同じ会社の人、という以上でも以下でもないけれど、きっとごく普通の、ちゃんと他人に優しくしたり親切にしたりできる人たちなのだ。そして、久留米さん自身が悪いのでも、久留米さんに何かの罪があるのでもないことを、ちゃんとわかっている人たちなのだ。

それなのに。

ベーグルの味がわからなくなった。少し甘酸(あまず)っぱいブルーベリーの味がするはずなのに、ただただ、しょっぱい。しょっぱいよ。

「……どうしたの、寧々」

桜子が心配して顔をのぞきこんだ。あたしは慌(あわ)てて、タオルハンカチを取り出して顔を覆った。

「なんか、あたし、アレルギーっぽい。やだ、顔がほてって熱が出て来た。はなみずも、涙も」

「わ、寧々、花粉症？」

「かも知れない」

「今ごろ、なんの花粉よ？」

「そんなのわかんないよ。ごめんね、あたし、顔洗って来る」

「うん、もう戻ろう。寧々、お医者に行った方がよくない？　わたし、経理に伝えておいてあげるから、このまま行きなよ。健康保険の番号は、病院から人事に電話して貰えばわかるんだし」

「ありがと。でも一度、経理に戻るね」

「大丈夫？」

桜子は本当に心配そうに、あたしの手を握って歩いてくれた。ほら、この子だってこんなにいい子なのに。こんなに優しいのに。

人はどうして、誰にでも同じように優しくいられないのだろう。そんなこと当たり前なんだけど、わかってるけど、でも、あたしの心配をしてくれる半分でも、桜子が、自分のせいじゃないのにひどい扱いを受けている久留米さんの心配をしてくれていたら……こんなに、心臓のあたりがきゅっと痛くならずに済むのに……済むのに。

＊

パソコンの画面いっぱいに拡大された画像の隅に、窓際にひとつだけ寄せられた淋(さび)しい机が写っていた。トリミングすると、その机に座って熱心に仕事をしている男性の、白髪だらけのぼさぼさの頭が大きくなった。男性のかけている眼鏡は老眼鏡だ。折りたためる形をしていて、実家のお父さんが使っているのと同じもの。

白髪に、窓からさし込む光があたっていた。きらきら、光っている。

太陽にいちばん近い机。暖かな陽射(ひざ)しをいっぱいに浴びた、その机。

でもひとりぼっちの、机。

どうしてこんなことするんだろう。なぜ、こんなことをゆるすんだろう。

あたしにはわからない。理解できない。でも、もし久留米さんが経理部に入っていたとしたら。島さんより年上で、そして仕事の流儀があたしたちと違っていて、そのせいで残業が増えたり、誰かがカバーしないとならなかったりして、それにメールも使えなくて、誰かが教えてあげないとならなかったり……して。どうしたら、あたしも、島さんも、みんなもイライラするだろう。気の毒だ、優しくしてあげないと、と思っても、どうしてもイライラはつのっていくだろう。そしていつかは思うようになるのかも知れない……どうして辞めないのかな。早くいなくなればいいのに、って。

まるで中学生だ。幼稚で、無様だ。いい歳（とし）した大人の考えることじゃない。

でも……でも大人だから、考えてしまうことでもある。だってあたしたちは、働いているのだ。会社で。そして給与を貰って生活している。だから、その給与が自分より高い人が自分より働いていないように感じたら、不満に思う。思って当然なのだ。当然なんだけど……それだけでいいの？　いいんだろうか。会社って、それだけのところなんだろうか。それだけの為に、人生のものすごく長い時間をそこで過ごす、そんなんで、あたしたち、大人だって言えるんだろうか。

久留米さんの居場所をつくってあげられるかどうか、本当は、そこに境目があるんじゃ……

模型の窓際机には、日だまりでうたた寝する猫のように気持ち良さそうにしている久留米さん、を座らせてあげたい。あたしは、スケッチブックに構想図を描いた。その机は、ひとつだけ他の人の机と離されている。でも、本当は、フロアの中で太陽があたっているのは、そこだけ。そんな空間を、模型の中にこっそり、作ろう。誰も気づかないかも知れないけれど、本当は、そこがいちばんいい席なんだよ、って、あたしは知っている、そんな机にしよう。絶対に。

3

「うわ、これ全部食べるの？」

あたしは、弥々が開けた紙袋の中を見て驚いた。箱は巨大だったが、まさか中にぎっしりとケーキが詰まっているだなんて、思わなかったのだ。

「二人で食べれば、食べられるよ」

弥々は、箱に手を突っ込んで手品みたいに次々とケーキを取り出す。

「なにその、紫色のすごいやつ」

「やだ、寧々、知らないのぉ？　これが今、健康食品として大人気の紫芋のモンブランじゃーん。この色、お芋の色なんだよ。葡萄(ぶどう)味じゃないから、間違えないでね」

「着色料じゃないならそれでいいけど……わ、それはなに？」

「これは、ブラッドオレンジのオレンジケーキ」

「血みたいな色」

「ブラッドオレンジってくらいだから、血の色に決まっててんじゃん」

「その緑色はメロン？」

「ブー、ピスタチオ。これ、おいしいんだからあ。ピスタチオのナッツクリームケーキ」

「カロリー高そう」

「高いから効果があるの」

「何の効果よ」

「怒りを鎮める効果」

弥々は、あたしが出したフォークを、テーブル一杯に並んだケーキに向かって振りおろした。

「さあ、食べるぞーっ。突撃ーっ」

あたしも手を伸ばし、いちごがはみ出して見えている巨大なシュークリームを取った。甘い。甘いし、乳製品のこってりさがすごい。ああ、これ、ものすごいハイカロリーだろうな。

でもいいんだ。弥々の言う通り、こんな日に人間に必要なのは、カロリーなのだ。

お腹がいっぱいになって、カロリーがたっぷりとからだに染みて、それでやっと、人は優しくなれるんだもの。

あたしが撮った証拠写真は、間に合わなかった。もともと、久留米さんを助けるのに使うつもりは、それほどなかったからいいんだけど。

久留米さんは、昨日、辞めた。弥々が泣きながらケーキのばか食いをしてからたった六日後、辞表が出た。編集五課では送別会を開くらしい、今夜。弥々は猛烈に怒り狂っている。どうして木曜日に送別会なんてするわけ？　みんな、明日の仕事がありますから、って、二次会もしないでさっさと帰るの、見えてるじゃん!!!

確かにその通りだろう。でもそれも、久留米さんにとっては計算済みのことだったに違いない。今日辞表を出せば、送別会は明日の金曜日になるかも知れなかった。金曜日なのに、翌日は休みなのに、それでも誰も二次会をしようと言い出さなかったら、その方が気分悪いものね。

「でもさ、きっと久留米さん、新しい会社で楽しくやれると思うんだ。今朝ね、電車の中で教えてくれたの。もうずっと前から、再就職先を探してたんだって。本当はね、啓碧出版が潰れた時、うちに入社しないでいるつもりでいたんだって。でも娘さんがアメリカ留学の試験に受かっちゃったの。それで、留学させるにはいろいろ、準備にもお金かかるし、仕送りのこともあるし。先が見えない状態で失業することはできないから、仕方なくうちに来たんだって。でも思いのほか早く、和綴本専門の出版社に再就職できることになったのよ」

「ふーん。……よかったね」

そう言ったけど、あたしは少し、久留米さんに対して腹が立っていた。それなら久留米さんにとって、うちの会社はただの「腰かけ」だったことになる。いくらお金が必要だったからって、久留米さんの家庭の事情で、高いお給料を何ヶ月かでも貰っちゃうなんて、なんか、図々しい。

でもそう思いながら同時に、自分があの時の桜子と同じ気持ちになっていることに、自分で驚いていた。

そういう人だから鈴木部長に虐められても仕方なかったんだ、そんなふうに、少しでも考えている、自分。他人の得た利益を羨むことしかできない、自分。他人が自分より幸運であることを、嫉ましく思う、自分。

弥々はあたしより純粋だ。

久留米さんが、本当はけっこうしたたかで、パワハラに耐えていたのも新しい会社をみつける自信があったからで、もしかしたらひとつだけ窓際に寄せられたあの机で、再就職の為の準備をしていたのかも知れない、なんてこと、弥々は考えない。久留米さんはそんな人じゃない、なんてファンタジーを抱いているからではなく、弥々にはそんなこと、どうでもいいこと、なのだ。弥々は、久留米さんが弥々自身より高い給料を貰おうが、幸運を摑もうが、それを不公平だなんて思わないし、思ったとしても、それが久留米さんのせいではない、という一点を、しっかり守っている。

弥々は、鈴木部長がしたことと、編集五課の人たちがそれを諫めなかったこと、そのふたつのことに対してだけに激しい怒りを抱いているのだ。そしてそれは、とても正しい、とあたしは思う。久留米さんがどうだからこうだから、そんなことは問題ではないのだ。大切なことは、自分自身はどうするべきか、それだけなのだ。

鈴木部長は、間違った方法を選んでしまった。編集五課の人たちは、鈴木部長の間違いに気づいていながらそれに便乗した。自分たちは手を汚さず口も汚さず、ただ黙って下を向いて仕事を続けることで、結果的に、鈴木部長のしていることを公認してしまった。

誰かが、窓際に寄せられた机をみんなの方に引き戻していれば、鈴木部長だって、きっと後悔した。自分のとっている行動の醜さを恥じた。見た目はどうあれ、あの人は我々コネ入社組の希望の星だ。今度みたいなやり方をしなくても、あの人ならば、実力で社長に認められて出世できるはず。でも誰も、机を引き戻そうとしなかった。編集五課の人たちだけでなく、桜子も、そして、……あたしも。写真は手元にあったのに、あたしは何もしなかった。心のどこかで、久留米さんが自分から辞めてくれれば、弥々が傷つかなくて済むのに、と思っていた。鈴木部長のことを人事部に直訴する、といきまく弥々をなだめすかし、あたしは時間を稼いでいた。

なぜだろう。

たぶんそれは……無意識に予感をもっていたからだ。画像の中の久留米さんの白髪は、とても美しく光っていて、少しも惨めに見えなかったから。あたしは感じとっていたのだ。久留米さんは負け犬ではない、そのことを。久留米さんが辞めた、と聞いた時、あたしには、笑っている久留米さんの顔が想像出来た。

でも。もし第二の久留米さんがあたしの前にあらわれたら、あたしはどうするんだろう?

第二の久留米さんは、もっと弱くて儚くて、パワハラに負けて電車に飛び込んでしまうかも知れない。窓際の日だまりの中で、しょんぼりとして、ちぢこまって、諦めて。

弥々は、特大のショートケーキにフォークをつき刺した。三角の方から口に入れ、半分以上詰め込んでしまった。弥々の心は、きっとカロリー満タンだ。そしてあたしの心は……ダイエットし過ぎてしぼんでしまったおっぱいみたいに、情けない。

「食べようっと」

あたしは大声で言って、シュークリームを丸ごと口に押し込んだ。喉に詰まりそう。甘い。甘くて、苦しい。

甘くて苦しくて、それに、しょっぱい。

カロリーよ、あたしの心に満ちろ。あたしは、砂糖と乳脂肪の神様に祈る。あたしの心を太らせてください。もっともっと、まんまるに太らせてください。そして今度はきっと、弥々のように、醜いことや正しくないことに、ちゃんと反応して怒って、そして戦える、そんなパワーをください。

「ぎゃー、寧々、それ丸ごと口に入るのぉっ！　妖怪口でか女っ、すごーっ」

「ひとのことが言えるかぁっ。あんただって、ショートケーキ、半分口に入ってたじゃんかーっ」

「半分だもーん。丸ごとじゃないもーん。口でか女ー」

「ほっといてよ、この、尻でか女っ」

「きー、ってあたし、絶対寧々より、ヒップ小さいからね。なんなら比べる？　ほれほれ、ちょっと計ってみなさいよー」

弥々の顔は生クリームだらけ。まるで、サンタクロースの白いヒゲ。

ああ、もうすぐクリスマスだ。あたしは脈絡もなく、思う。

今年のクリスマスも、弥々とふたりでいられたらいいな、と、思う。

それでもうれしい金曜日

1

金曜日だ。

あたしはトイレの壁に貼り付けたカレンダーを見て、思わずにんまりと笑う。どうしてトイレにカレンダーなんか貼るのよー、シュミ悪いー、と弥々がものすごくけなしたけれど、ひとり暮らしにはここにカレンダーがあると何かと便利なのだ。だって、朝起きてまず最初にすることって、オシッコでしょ、ふつう。

昨年の夏のボーナスでトイレをウォシュレットに換えたので、暖房便座のおかげで早朝でもお尻はあったかい。目覚まし時計のベルの音が耳鳴りみたいに頭に残っている状態から立ち直るには、あったかい便座に腰かけて五分は必要なのだ。その五分間に、ちょうど目の高さに貼ったカレンダーを見て、今日が何日の何曜日でどんな予定が入っていたのか確認する。この毎朝の儀式のおかげで、大事な予定を忘れたり、誰かとの約束をすっぽかしたりしなくて済むのだ。と言ってもまあ、あたしが約束する相手って、弥々の他には従姉(いとこ)の翔子(しょうこ)ねえちゃんくらいしかいないけど。でも大事な予定ならあたしにだってけっこうたくさんある。たとえば、秋葉原(あきはばら)の行きつけの模型屋のバーゲン最終日は明日だとか、映画が千円で見られるレディースデイは水曜日であるとか、なじみの美容院の割引チケットが今週いっぱいで期限切れになるとか。とにかくなんでもかんでも、あたしはこのカレンダーに書き込んでおく。あたしにとっては、このトイレのカレンダーこそが頼もしい秘書なのである。

金曜日には残業をしない、が、あたしのいる経理部では常識になっている。とは言え、経理部には決算という試練が毎年決まった時期に訪れるので、決算月だけは金曜日だろうとなんだろうと終電までの残業は当たり前、土日出勤もよぎなくされる。わが社は半期ごとに決算があるので、決算月とその前月×二回、つまり年に四ヶ月は金曜残業の月になる。で、次の決算は三月、来月からは金曜日でも定時退社はできなくなるから、今月の最終金曜日である本日が、あたしにとってはすごく大事な定時退社の金曜日となるわけである。

計画は練ってある。まずは秋葉原に直行し、平日サービス券を使いまくって模型の材料を集めるのだ。何種類もの接着剤、ウレタン、木片、プラスチック粘土、セラミック粘土に紙粘土、各種塗料、いろんな細かさのサンドペーパー……それから適当な店で夕飯を食べて、映画のレイトショーに行く。どうしても観たかったCGアニメーションが不評だったのかすぐに打ち切りになってしまって、油断していて見逃したのがものすごく悔しかったのだが、情報誌をめくっていたら都内にたった一館だけ、継続上映していたところがあったのだ。しかも金曜日だけのレイトショーで、それも今月でおしまい。ラストチャンスなのである。情報誌によれば上映終了が十一時二十分だから、映画館を出たらダッシュで電車に飛び乗らないと終電を逃すかも知れない。タクシー帰宅になると、都内からこのマンションまで一万円以上かかる。冗談にもそんな大金、タクシー代なんかにつかえやしない。

無事に出すものを出してすっきりしてから、トイレを出て、携帯電話で地下鉄の終電時刻を確認し、携帯のスケジューラーにセットした。終電の十五分前にアラームが鳴る。予定通りに映画館を出られれば、乗換駅に着く頃にアラームが鳴るのでちょうどいいはずだ。普通に乗り換えられれば終電の一本前の電車に乗れるし、何かのアクシデントでそれを逃しても最後の一本には確実に間に合う。あたしは、こういうことになるとやたらと慎重なのである。

テーブルに載ったままの朝食の残骸を片づけ、歯を磨いて口紅をひいたら、ぴったり家を出る時刻になった。毎朝決まった時間に決まったことをする。味気ないと言えばそうだけれど、ホッとすると言えばそうも言える。今の日本では、毎日通う職場がある、というだけでも、幸福なことなのだから。

駅の改札に定期券を通し、ホームに立つと、顔見知りが並んで電車の到着を待っている。顔見知り、と言っても知り合いではない。文字通り、顔をよく知っているだけ。毎日このホームで顔を合わせる、それだけの関係。その人たちの名前だとか勤め先だとかは、何も知らない。家族構成も、趣味も、年齢も、知らない。たぶん一生、それを知ることはないだろう。けれど毎日顔を合わせる。こちらがそうと気づいているように、相手だって、あたしの顔を「あ、知ってる」と思っている。けれど、決して言葉を交わすことはない。それで当たり前だし、あたし自身、それ以上親しくなりたいだなんて、まったく思っていなかった。親しくなるかも知れないなんてことも、ぜんぜん、予想していなかった。

そう、今の今まで。

あたしの目の前で、その人は倒れたのだ。ほんと、目の前で。だってあたしはその人の真後ろに並んでいたんだもの。で、電車が来るとアナウンスがあった直後に、あたしがぼんやりと眺めていたその人の背中が、土砂崩れで流れるみたいにして足下に崩れたのだ。あたしはあんまり驚いて、思わず飛び上がってしまった。でも両足が着地する頃には前に立っていた人が倒れたんだ、と理解していて、すぐにしゃがんで、その人のからだに手をかけた。

「大丈夫ですかっ！」

うーん、うーん、うーん、とその人は唸っていた。胸をおさえて、ものすごく顔をしかめて。くしゃっと歪んだ目鼻のせいで、その人が男だという以外には年頃も何もさっぱりわからない。

「し、しっかりしてください。あの」

あたしは顔を上にあげ、見下ろすようにして覗きこんでいる人々に向かって怒鳴った。

「どなたか、駅員さんを呼んでくださいっ！　ご病気みたいなんです！」

人の輪が崩れて、何人かが駆け出した。電車が到着し、ちらちらと後ろを見ながらも電車に乗り込む人々で輪はさらに崩れる。毎朝、死ぬほど満員になる電車なのだ。それでも倒れた人のまわりにあたし以外にも残ってくれる人がいて、中には一緒にしゃがみこみ、声をかけて励ましているおじさんもいた。駅員はすぐに駆けつけて来たけれど、それまでのほんの一分足らずの時間が、あたしにはおそろしく長く感じられた。だって。

……その倒れた男の人は、痛みのあまりか、あたしの手首をがしっと握り、まるでその手を離したら死ぬ、とでも言うように、断固として力をゆるめてくれなかったのである。

2

「ぐあーっ、ほんとに痣になってるーっ」

弥々は、あたしの手首を見て驚嘆の声をあげた。

「よっぽど痛かったんだねー。で、その人、助かったの？」

「……たぶん。って言うか、わかんないんだけど、亡くなったら携帯に連絡が来ると思うのよね、駅員さんから。あたしがあの男の人の知り合いでも肉親でもない、って知って、すごく困った顔してたんで、なんかさ、じゃ、また、ってさっさと出勤するのもどうよ、って気がしちゃって、万一のことがあったら電話くださいって言っちゃったから。連絡先を教えてくれって言われた時に」

「でも、アカの他人でしょ？」

「もちろん。だけど毎朝会う人だったから、近所に住んでるんだろうけどね。普通のサラリーマンっぽいコート着てたから、定期だとか社員証だとかで身元もすぐ判るだろうし」

「でもなんだろ、盲腸かな」

「うーん、盲腸だったら、痛いことは痛いだろうけど、話しかけたら返事くらいできると思うんだよねぇ。もう、呻いてるだけでまったく喋れなくて、意識が遠のいてる感じだったから、もっと深刻な病気なのかも」

「救急車はすぐ来たの？」

「それもわかんない。すぐ呼んだらしいけど、男の人は駅員さんが担架に乗せて事務室に運び込んだんで、あたしは名前とか連絡先を訊かれただけで、出勤して来ちゃったから。でも三十分遅刻でさ、島さんに携帯メールで遅れる、って入れてはおいたけど、悪いから三十分自主残業予定」

「そんなことする必要ないよ、人助けしたんだし」

「あたしは何もしてないもん」

「そんな痣がつくほど手首握られても我慢したじゃん」

「会社に頼まれたわけじゃないもん。ってゆーかさ、こういうのでも、なんか甘えてるって思われるの、シャクだし」

「寧々はつっぱり過ぎ」

弥々は、大袈裟に肩をすくめた。

「なんでそんな、過剰に気にするかなあ。経理部にはコネ入社の人、他にもいっぱいいるし、誰もそんなこといちいち考えてないよ。寧々の方で意識し過ぎたら、かえって周りは迷惑するんじゃない？」

「別に……過剰に意識なんかしてないよ」

「してるって。寧々、もうちょっとさあ、肩の力抜いて、ふにゃー、っとしてみたら？」

「弥々みたいにふにゃふにゃになっちゃったらヤだ」

「あ、失礼千万。あたしふにゃふにゃじゃないもーん。でもね、寧々みたいにコチンコチンでやってると、そのうち、どっかぷっつんしちゃうよ。あたしたちさあ、どうあがいたって、コネがなかったらこんなおっきな出版社に入れなかったのは事実じゃん。寧々だって、他に受けた新聞社とか全部落ちたんでしょ？　コネがあるのも人生、ないのも人生、どっちにしたってほんとに無能だったら会社勤めなんて続けてらんなくなるんだから、あたしたち、そこそこ頑張ってるほうなんじゃない？　あたしも寧々も、そりゃ実力で入社試験突破して来たエリートさんたちには遠く及ばないにしてもさ、平均的ニッポンのサラリーウーマンくらいはちゃんと働いてると思うよ。それでいいんじゃないの？　あたし、思うんだ。うちの会社みたいにいっぱい社員がいるところではさ、みんながみんな横並びに優秀だったら、きっと、困った状態になっちゃうんだよ。だっていくら頑張ったって努力したって、みんな優秀だったらそんなに簡単に優劣なんかつかないじゃない？　あたしたちみたいなのも混じってて、他にもさ、給料泥棒なんて陰口叩かれてるダメ男とかダメ女もちらほら棲息してて、それだからこそ、差がついたりバリエーションが出たりして、全体としてはうまくいくんじゃない？　それにあたしたちにだって、あたしたちでないと出来ない仕事はあるんだろうし、あたしたちだからこそうまくやれる仕事もあるんだと思う。そういうもんじゃない？」

弥々の言ってることは、わかる。大学の時、社会学か何かの授業でもそんな話を聞いたことがある。集団が存続する為には、様々な個性が集団の中に存在している必要がある、そんな話だ。犬の群でも猿の群でも、強い個体もあれば弱い個体もいて、素直な個体もいれば根性の曲がった個体もいる。だからこそ群が群として生き延びていかれるのだ、そんな話。

でもさ、とあたしは心の中で反論した。コネ入社も会社には必要だ、なんて論理は成り立たないんだよ。どこまで頑張ったって、ずるして入った奴、ってレッテルは剝がれない。三十分遅刻したのに給料もひかれないなんて、派遣社員やバイトの子が聞いたらどう思う？　遅刻の理由が人助けだろうとなんだろうと、ずるーい、って気持ちを誰かに持たれるのは、もうたくさんなんだよ。

「でも、助かるといいよね、その人」

弥々はサンドイッチの最後の一個を口に運びながら言った。

「名前もどんな人かも知らないけど、毎日同じ電車で通勤してたんだもんね、寧々にとってはさ、まあ、仲間だもん。寧々の仲間ならあたしの仲間でもあるし。ね、寧々、その人が入院した病院にお見舞いに行かない？」

「え、う、うん……でも、もう少しして容体がわかってからの方がいいんじゃないかなあ。もし生きるか死ぬかだったりしたら、迷惑になるし」

「そっか。それもそうだよね……大丈夫だってわかったら、駅員さんから連絡、あると思う？」

「どうかなあ。でもあの駅員さん、いい人っぽかったから、連絡はくれると思う」

「じゃ、もう大丈夫みたいだったら、お見舞い、行こう」

「……弥々も行くの？」

「だめ？」

「別に、だめとは思わないけど……でもあたしだってどっちかって言えばアカの他人なんだもん、知らない人がもうひとり来たりしたら、疲れさせちゃうんじゃないかな」

「うーん、それもそうだ。じゃ、あたしは遠慮する。でも寧々は、行ってあげてね。ね？」

あたしはちょっとおかしくなって笑った。

「なんだか弥々、その人の恋人かなんかみたい。どうしてそんなに、見ず知らずの人のことが気になるの？」

「え？……ううん、なんでもないよ」

弥々はなぜか、気まずそうな表情になった。

「なんでもない。ただあたし、ほら、もともと野次馬だから」

それはまあ、そうだけど。でもやっぱり、今日の弥々は少し変だった。もしかしたら、せっかくの金曜日なのにあたしがカラオケ断ったから、それでかな？　でもあたしがカラオケ嫌いなことくらい、弥々は充分知ってるわけだし……

「あのさ」

あたしは用心深く訊いた。

「今夜のカラオケって、メンバー、誰と誰？」

「え？　あ、えっとね、宣伝部のユーコと、うちんとこの高岡さん、水元さん、あと編集一課のシンコちゃん」

「女ばっか五人か」

「うん。寧々、寧々もおいでよ。たまにはいいじゃん、カラオケも」

「だからぁ、あたしは駄目なんだってば。忘年会のあととかなら、付き合いってこともあるけど、わざわざ金曜日にカラオケなんてしたくないもん」

「映画？」

「うん。それとアキバね。弥々はコミケの準備しなくていいの?」

「サークルの他の子が頑張ってくれてるから」

弥々はそこでひとつ、小さな溜め息をつく。やっぱり変だよ、弥々。

「ねえ弥々、なんかあった? カラオケ、行きたくないんだったら弥々もやめとけばいいじゃん。アキバつき合ってくれるなら、一緒に映画観ようよ」

「え、どして? あたし、カラオケ大好きだよ。今夜もね、あたしが歌いたくてみんなに声かけたんだもん。それに寧々の観る映画ってさ、どうせアニメでしょ? アニメならレンタルでいいな、あたしは」

あたしはもちろん反論したかったけれど、お互い、趣味の違いを認め合っているから長続きしている友人関係だし、と自重した。でも、弥々が何かに悩んでいるんじゃないか、その感じは消えない。少なくともカラオケのメンバーの中に喧嘩してる相手がいるとかそういうことではないみたいだけど、弥々が自分からメンバーを集めてカラオケに繰り出すこと自体、そんなにいつもあることではないのだ。弥々はマイクを持たせたら、いい加減にしろと誰かに怒られるまで歌い続けているような子だけれど、どんな小さな集まりであれ、リーダーシップをとるのは苦手なタイプだ。自分から声をかけてカラオケに行くとなれば、店の予約だとか最後の割り勘の計算だとか、いろいろと面倒なこともある。弥々は、誰かに誘われてくっついて行って、歌いたいだけ歌って食べたいだけ食べ、はい、ひとりいくらいくらね、と計算もして貰(もら)って、それを払ってひたすらご機嫌で帰る、そんな集まりにしか参加しない。自分には他の人たちの意見をまとめたり、気をつかったりする能力がない、といつも言っているし、あたしも弥々がそうしたことが苦手だというのはよくわかる。弥々は淋(さび)しがりで、賑(にぎ)やかなことが好きで、誰かとワイワイやっている時はほんと楽しそうにしているけれど、基本的にはあたしと似ていて、他人の面倒をあれこれみるのは苦手だし、頼られたり期待されたり、答えを求められたりするのが嫌いなのだ。表面的にはまるでタイプが違うのにあたしと弥々がこんなにウマが合うのは、どちらも結局は個人主義者、おたくでひとりぼっち好きである、ということが自然とわかり合えるからだろう。会社ではいつも二人でつるんでいると見られるあたしと弥々が、アフターファイヴはほとんど別行動で、一緒に食事したり遊んだりするのは週に一度あるかないかだ、とみんなが知ったら驚くかも知れない。でもそのくらいの距離感が、あたしたちには丁度いいのだ。

　そう、距離が大切。あたしはそれ以上、あたしの疑問を弥々に突っ込むのを止(や)めた。弥々ならきっと、あたしに話したいと思った時に話してくれる。そして弥々が話したくなった時が、あたしが聞いてあげるのにいちばんいいタイミングなのだ、きっと。

その日、仕事は順調に進み、あたしは自分で決めた通りに三十分きっちり残業した。金曜日は残業しないで帰る日だったから、あたしの他にフロアに残っていたのは島さんだけだ。島さんは、自分もまだ少し仕事が残っているからと言っていたけれど、あたしをひとりにしないであげよう、という思いやりは伝わって来た。島さんだって、お子さんがいて、旦那さんがいて、いろいろ忙しいはずなのに。でも五時半になると、あたしたちは黙ったまま目で笑い合って机を片づけた。島さんは、今日は夫が息子を迎えに行ってくれてるの、とにこにこしている。島さんの旦那さんも忙しいようで、たまたま今日は早く帰れると携帯にメールがあったから甘えたのだ、そう秘密を打ち明けるみたいな顔であたしに囁く島さんは、なんだかとても色っぽかった。ふと、ご主人とうまくいってるんだな、と思った。島さんは社内不倫を卒業して、心も、それから、からだもね、ご主人のところに帰ったのだ……たぶん。

あたしは、自分でもよくわからない溜め息をひとつして、島さんと一緒に会社を出た。予定より三十五分遅れで秋葉原に向かう。

秋葉原。ああ、秋葉原、秋葉原。

誰になんと言われようと、あたしはこの街が好き。無数の部品。無数の家電。無数の模型。無数のゲームソフト。無数のパソコン。無数の……おたく。

この街では、何かを気取ったり我慢したりする必要がないのだ。ぎっしりと歩道を埋めた人々は皆、欲しいもの、見たいものがあるからここに集まっている。しかもそれらの物欲の対象となっているのは、興味のない人が見たらガラクタにしか過ぎないものだったりする。それでいいのだ。それだからいいのだ。これが銀座だと、たとえあたしにとって何の興味もわかないものであっても、ハリー・ウィンストンのダイヤモンドは絶対的に高価だし、シャネルのスーツは、絶対的に有名ブランド、だ。その点でいくらジタバタしても勝ち目はない。そしてそういうものをあたしは現実問題として買うことが出来ない。でもこの街でならば、あたしは、あたしにしか価値のわからないもの、でもダイヤモンドやシャネルのスーツよりもあたしにとって大切なものを、ちゃんとあたしのお金で買うことが出来るのだ。

今月限り平日20％ＯＦＦ、とマジックで手書きされた看板が階段の下に立て掛けられた雑居ビル、階段を三階まで昇ってその店に入ると、店の中はごったがえしていて、熱気で息苦しいほどだった。あたしも、財布をスラれないようにショルダーバッグをがっちりと胸の前に抱えながら、山積みになっているセット売りの模型部品に突進する。それから三十分後、いい汗かいてビルの外に出た時、紙袋二つが荷物に増えていた。しかしそれだけでは終わらない。今度はプラモデル専門店に足早に向かう。セール中ではなかったが、今月中だけ使用可能な割引券を持っていたのだ。その店を出た時にはもうひとつ紙袋が増えて、両手がきっちり塞がっていた。映画の開始時間までに食事を済ませないと。立ち食い蕎麦でもいっか、と思っていたのだが、こう紙袋が多くなると立ち食いは辛いし、他のお客の邪魔になりそうだ。さっさと食べられて、そんなに混んでなくて、安くて、夜中にお腹が減って目が覚めたりしそうにないもの。丼だ。

あたしは紙袋を引きずるようにして、カウンターだけの丼屋に飛び込んだ。食券を買い、カウンターの内側のお兄さんに渡し、自分でコップをとって水を注いだところで、その視線に気づいた。

小林……編集二課の小林樹！

小林樹は領収書をごまかしてせこく経費をせしめようとした。で、あたしがそれを暴いて嚙みついた。それ以来、会社でもほとんど口をきいたことがない。けれどあたしは、ほんとに偶然、小林樹の秘密を知ってしまったのだ。彼は、なんと、あたしの上司であり、憧れの女性である島さんと……不倫していたのである。いや、小林の方は確か独身だけど、でも島さんは家庭持ちだから、不倫だよね？

そしてあたしが見てしまったのは、二人の別れの場面だった。

島さんは悲しそうだった。でもそれ以上に、小林は悲しそうだった。悲痛、という言葉の意味がわかった。

小林は、島さんのことが本当に、本当に好きだったんだ、と思った。

あの顔を見てしまったから、もうあたしには、小林のことが憎めない。せこくて意地悪で、イヤな奴だとは思うけど、でも、憎めない。

それはともかくとして、なんでこんなとこで遭うかなあ。

小林は、なぜかニヤッとした。気に入らない。なんだってのよ、いったい。あたしが秋葉原の丼屋にいるのが、そんなにおかしい？　あたしは小林なんか無視することに決めた。幸い、あたしの海鮮丼はさっさと登場したので、さっさと食べる。ウニ、旨い。イクラ、旨い。マグロ赤身ヅケ、旨い～。どれも輸入物の二級品なんだろうけど、あたしの舌にはこれでも充分、幸せなのだ。何しろ海鮮丼は、この店のメニューの中でも、特上うなぎ丼に次ぐ高価なメニューなのだから。七百円よっ、七百円。いちばん安い豚丼なら三百八十円なのに。いいんだ、今日はお買い物でだいぶ得したし。できるだけ小林の方を見ないようにして食べ続け、ようやく食べ終えて、カウンターの中からタイミングよく出て来たサービスのお茶をいっぷく。ふう、と息をついて視線を上げると、もう小林の姿はなかった。さっき、小林は確か箸を手にしていたから、あたしが座るより前に丼を食べ始めていたわけで、先に食べ終えていなくなるのはごく当たり前の現象だ。が、なんだか拍子抜けした。さっきのあの意味ありげな笑いからして、一声何か、皮肉でもぶつけられるかと身構えていたのに。

ま、小林のことなんかどうでもいい。

あたしは店を出て、ＪＲの駅に急いだ。映画館があるのは錦糸町。東京も、東の方にはあまり縁がなくてほとんど行ったことがない。でも秋葉原からは総武線の各駅停車ですぐだった。

映画館は駅前にあり、いちおうシネコンで座席指定。レイトショーでも、ものがＣＧアニメとなると、ごく若いカップルの他は客のほとんどが、ひとりで来ている若い男。でも、若い男がいっぱい、という華やかさなどもちろんない。秋葉原の一部を切り取って運んで来たみたいだ、と、あたしは自分のことをまるっきり棚に上げて、あかりが消える前の客席を見回し、思った。

　それでも、映画には満足した。観たかったものだし、期待以上の出来だと思った。朝一でとんでもないトラブルに巻き込まれたとは言え、全体としてこの金曜日は上出来だ。あとは、終電を逃さないように確実に電車に乗って帰るだけ。そう思いつつ、携帯電話を取り出して、乗換案内の検索をする。あれ？　錦糸町から半蔵門線に乗れるの？　いつからこうなってるの？　知らなかった！

　電車を乗り継がないと帰れないと思っていたのに、なんだ、一本じゃん。でもおそろしく距離があるから、急行に乗って、手前の駅で各駅に乗り換えるしかないか。半蔵門線、半蔵門線……うわ、駅の反対側だ。

　歩き出した途端、肩を叩かれてあたしは飛び上がった。

　こ、小林！

「なんかよく遭うなあ。ひょっとして俺のこと尾行してる？」

「だっ、だだ、誰が小林さんのこと尾行なんかしてるんですかっ。あたしはアキバで買い物して、それでこの映画はずーっと観たかったのにいつの間にか上映が終わっちゃってて東京中でやってるのがここだけになっちゃって、それも今月いっぱいで、だから」

「最低だったでしょ。レンタルＤＶＤで充分だったね。損したよ」

小林はあっさり、言ってのけた。

「つまんなかったよなあ」

ボン！

あたしの頭の中で、何かが爆発する音がした。

あたしは、不愉快である、ということを最大限顔に出すように踏ん張ってから、静かに言った。

「趣味の違いです」

そして、ものすごく大袈裟にくるっとからだを反転させた。あまりわざとらしくやったので、危うく一回転して小林の方を向いてしまうところだったのだが、それこそフィギュアスケートの選手が転倒をこらえるぐらいの努力で回転を止め、肩をいからせ、きっぱりと歩き出した。

そもそも、なんなんだこいつのこの、オレ様なもの言いは！

映画の趣味なんて人それぞれだから、あんな傑作を観て小林がつまんないと感じても、そんなことはどうでもいい。だいたい、小林とだったら趣味が合うより合わない方が有り難いくらいなのだ。趣味が合わなければ、今夜みたいな不幸な遭遇をする確率は減るんだから。が、しかし、仮にも一対一で会話していて、しかもお互いの趣味だとか好みだとか、そんなものはほとんど知らない同士なんだから、自分が口にしたことで相手が気を悪くするかも、ぐらいは普通、考えるでしょ？　こいつの人生は、ネットの言いたい放題ブログみたいなもんで、自分と意見が合わない人間なんか存在してないも同然、ってことなんだ。

ああそうですか。それならそれで、あたしの人生にだって小林、あんたなんかもう存在しないも同然。いいわよ、これから定年退職するまで口きかなくたって、あたしは困らないしあんただって困らないでしょ。

あんまり怒っていたので、時計も確認せずにずんずんと歩いた。とにかく電車に乗ってしまおう。小林はもう島さんと別れたんだから、あたしんちの方に用事なんかないはずだし。用事があったって、関係ないもんね。別の車両に乗ってやるんだから！

「まだ大丈夫だよ、そんな急がなくても」

小林の声がすぐ背後から聞こえた。あたしは思わず立ち止まりそうになった。

な、なんであたしのあと、ついて来るわけ？

「半蔵門線でしょ？　次の急行まで、あと七分あるから」

「じぇ」

黙って！　相手にしたらだめっ。

「ＪＲですっ」

言ってしまってから、ものすごく後悔した。でも言ってしまった以上、もう地下鉄には乗れない。

「今日はＪＲで帰りますっ」

「どうやって？　君んちって確か、高津の方だよね？」

「ＪＲで帰りたいんです！」

「帰れないじゃん、ＪＲじゃ」

「……渋谷に出て乗り換えて」

「どうしてそんな面倒なことするのさ。ここから一本で帰れるのに。代々木まで行って山手線に乗って渋谷に出てたら、終電、やばくなるよ」

「いいんです。あたし、そうしたいんです！」

「あ、そう。だったら」

小林はなんと、あたしの腕を掴んだ。

「ＪＲなら、あっち行かないと。通り過ぎちゃったよ」

「ちょっと、どうしてそんなあたしに構うんですか？　小林さん、自分は地下鉄に乗るんでしょう、さっさと行ったらどうなんですか」

「いいよ、俺もＪＲ経由にする」

「な、ななな、なんで」

「俺はあんまり変わらないもん。俺んち、三茶だから。各駅ならたぶん、田園都市線、間に合うし、だめでも渋谷からタクシー乗ったっていいし」

「あ、あ、あたしは、つまり」

「送ってくよ、渋谷まで。迷惑？」

もちろん迷惑だった。大大大迷惑だった！

なのに、迷惑です、と言えなかった。どうして言えなかったのか、自分でもまったく理解不能だ。

やっぱりあたしって、ばかなんだ。そうとしか思えなかった。あたしは小林の親切の押し売りを断ることもできず、乗りたくもないＪＲに乗って、わざわざ遠回りして、それどころか、もしかしたら終電を逃すかも知れないという危険な勝負に挑むことになって、それでももう、どうしていいのかよくわからないからへらへらと笑ってしまった。小林と並んで、JR錦糸町駅のホームに立つ。金曜の夜だから人は多いけれど、上りを待つ人の数はまばらだ。

「さすがに寒いね」

小林は、ムートンのようなバックスキンのコートを着ていた。そしてなんと、あたしの紙袋を二つも持ってくれていた。もちろん断った。断ったけれど、強引に奪われた。

「マフラー忘れて来ちゃったんだ、会社に」

あたしはマフラーをしていた。しっかりと。でも、まさか、恋人でもない男に、これ貸しましょうか、なんて言えないし、貸したらあたしが死ぬほど寒そうなので言わない。早く電車が来て、自分だけマフラーをしていることにこんな負い目を感じなくて済むようになって欲しい、それだけを願っていた。

やがて電車が来る。上りの乗客は少ないけれど、座席は空いていなかった。秋葉原か御茶ノ水では空くだろう。

並んで吊り革につかまって、車窓の夜景を眺める。両国までは少し長い。両国を出るまで小林がひとりで喋っていた。出版不況について。適当に相づちをうっていたつもりだったけれど、言葉は耳に入った途端に春の雪みたいに消えてしまった。川を渡る。高速道路のあかりが川面にきらきらと映っている。浅草橋。秋葉原。

「アキバで何買ったの？」

小林が訊いた。紙袋三つ。訊きたくなる気持ちはわかる。でも、あたしは答えたくなかった。なのに、答えていた。

「模型の部品とか……接着剤とか……です」

「模型？　プラモデルか何か？」

「いえ……その……Nゲージ用の」

「Nゲージ！　うわ、君ってそういうの、好きなんだ。俺も大好きなんだよ、実は。じゃ、さっきももしかしたら、同じ店で入れ違いだったのかな」

「あの、違うんです。あたしは電車の模型には興味なくて……Nゲージ用の、1/150スケールの、家とか建物の模型を作るのが好きで」

「家とか、建物？　あの、ジオラマに置いてあるやつ？」

「もともとは、ドールハウス作ってたんです。でもなんか、その……もっと小さいのを、建物丸ごと作る方が面白くて。それでいくつか作って、内部もできるだけ本物っぽくして、人とか家具とかも入れて、って凝り始めたら止まらなくなっちゃって」

「へえ！　内部まで本物っぽくするんだ！　それすごいなあ。商品として売れるんじゃない？」

「HPに写真載せてるんですけど、売ってくれ、ってメールはたまに来ます。売るつもりで作ってるんじゃないけど、部屋が狭くて作ったのを全部とっておくことは出来ないんで、売っちゃうこともあります。でも、趣味は趣味です。お金儲けは考えてないです」

「なんか、意外だったなあ。って言うか、失礼な言い方だけどさ、君がそういう、クリエイター的な資質持ってるなんて、見直したって言うか、びっくり、って言うか」

失礼だと思うなら言うなよ、とつっこみたくなるのを我慢する。

「それに手先も器用なんだね。それもイメージと違うよね」

ますます失礼になる。とことん無神経な男。でも、本人はこれで、あたしのこと褒めてるつもりなんだろう。

御茶ノ水で席が空いた。あたしと小林は、当たり前だけど隣り合って座席に座った。今まで見ていたのとは反対側の窓が見えるが、車内の灯がガラスに反射して、外はほとんど見えなかった。

「俺さ」

小林が、前を向いたままで言った。

「君に、高遠さんに謝らないといけないって、ずっと思ってたんだよね」

あたしは、どう返事をしたらいいのか困った。経費精算書の領収書をめぐって口論した時のことを言っているのはわかったけど。

「あの時、高遠さんに食ってかかっちゃったのは、結局、自分のやましさに対する自己防衛だったんだな。あれからさ、なんか俺、すっごく腹の底がもたついた感じで、ずーっと落ち着かなかったんだ。考えてみたら、俺もせこいよなあ、なんて、思い返すたびに恥ずかしくなった、って言うか。でも、俺たち編集とか、営業の連中なんかもそうだと思うけど、領収書を出して精算できない金をつかわないとならないこともあるわけ。みんな、ある程度は自腹切ってんだよね。そのことに対する不満がいつもくすぶってるから、ごまかして貰える金ならごまかしてもいいよな、なんてつい、さ。だけど、結局それやって、自分が惨めになるだけで、わずかばかりごまかした金なんて、何につかったのかもわからない内に消えちゃうし。優等生を気取る気はないけど、要するに、割に合わないってわかったんだ。精神的な負担の方が大きい。そういうせこいことやってるって、高遠さんに限らず会社の誰かに知られたってだけでも、やっぱ俺、ショックだったし」

「……あたしも、言い方が……悪かったです。あたし、駄目なんですよね。他人に対して優しくするのが……なんか下手で。それに、親友の弥々にも言われたけど、会社にいる時ってなんか、必要以上に突っ張っちゃうんです。あたし自身が抱えてるコンプレックスのせいなんだけど」

自分で言って、自分で驚いていた。どうしたんだ、あたし。なんでこんな、素直になっちゃってるの？

でも、お喋りが止まらなかった。小林と隣り合って座って、顔も見ずに前を向いて、あたしは訊かれてもいないことを喋っていた。

「今朝、いつもの時間に駅のホームに立った時、電車待ちの列で前に立っていた男の人が倒れたんです。たぶん病気で。あたしすごくびっくりして、でもなんか、そのままにして電車に乗ることはどうしても出来なかった。その人の名前とか勤め先とか、何ひとつ個人的なこと知ってるわけじゃないのに、でもやっぱり、その人はあたしにとって、知り合いだった。毎日毎日、同じ時刻に同じ電車に乗る。そのために顔を合わせる。同じホームの、同じ場所で。それだけだけど、アカの他人だとはどうしても思うことが出来なくて。その人、痛かったのか苦しかったのか、あたしの手首をぎゅっと摑んで離さなかったんです。ものすごい力だった。なんか、あたしの手首を離したらもう終わりだ、そんな感じの力。助けて、って言われてるような気がしました。助けてくれ、って、言われている、そんな気が」

「離さなかったんでしょう、その、手」

小林の声は、なんだかとても静かで優しく耳に響いた。

あたしは頷いた。

「離しませんでした。……駅員さんが駆けつけて来て、その人が運ばれてしまうまで」

「きっと、感謝してるよ、その人」

「……はい。そう思うことにします。たぶん意識なんかなくて、きっと憶えてはいないと思うけど、でも、あの時はあたし、感謝して貰えた、そう思いたいです」

「同じ会社とか、同じ電車とか、同じ町とか」

小林は、言った。

「ただの偶然なんだよね、すべて。高遠さんがうちの会社を選んだ動機と、俺のそれとは違うし、入社年度も違うし。その倒れた人と高遠さんが、毎日同じ電車に乗り合わせるのだって、ほんとにただの偶然だ。だけど、その偶然がたくさん重なって、俺たち、知り合ったり、喧嘩したり、飲みに行ったり……好きになったり、憎んだり、するわけだ。もし何か、ほんの些細なことが違っていたら、決して出逢うことはなかったかも知れない者同士が、偶然っていう、なんか不思議なもののせいで出逢って、互いの人生を互いに変え合っていく。そう考えると、縁、って、なんて神秘的なんだろう、と思う」

「さっきも偶然、ありましたね。秋葉原の丼屋さんで会ってから、映画館でも」

「あ、映画はね」

小林は、クスッと笑った。

「ごめん、君がどこ行くのかちょっと興味あったんで、同じ電車に乗ってみたんだ、実は。飯食ってから、偶然こんなとこで会ったんだから、お茶ぐらい誘ってみよっかな、と思ったのに、高遠さんさ、なんかものすごく怒ってるみたいな顔で俺のこと無視したから、こりゃ相当ご機嫌ナナメだな、って一度は諦めて先に店出たんだけど、パソコン屋冷やかしてからＪＲの駅に行ったら、また君を見つけちゃって。家に帰るのかなあ、って思ったのに、総武線の方へ行くから、あれれ、ってなんか、つい。いや、別に何か用があったわけでもないんだけど……さっき、ほら、俺、謝ったでしょ。いつか謝らないとなあ、って思ってたから、きっかけが出来るなら、くらいのつもりで。でも錦糸町で降りて映画館に入ったんで、だったら俺も今夜は暇だし、映画もいいか、ってそのまま観ちゃったんだ」

「はあ」

あたしは面食らっていた。そんなに、小林、いや小林さんがあの時のことを気にしていたなんて、思ってもみなかった。あの時、腹はたったけど、コネ入社を皮肉られるのなんてしょっちゅうだったから、特別ひどく傷つけられた、とも思わなかったし。

無神経でがさつな男、という評価はゆるぎないけれど（あの傑作映画をけなすなんて！）、少しだけ、島さんがこの人と恋愛していた理由が判った、そんな気もした。少なくとも、他人の心の痛みに対して、まったく気にしない人間じゃないみたいだ。相手を傷つけてしまう自分の弱さに、あとでちゃんと向き合えるだけの勇気もある人なんだ。

代々木(よよぎ)で山手線に乗り換えると、吊り革を確保するのもやっとなほど混んでいた。渋谷駅で大半の乗客は吐き出されるが、また乗り込む人も多い。こんなにたくさんの人間が毎日働いて働いて、そして金曜日の夜を迎える。やっと明日の朝はゆっくり寝られる、とか、明日からスキーだ、とか、いろんなことを考えながら、金曜の夜の解放感にひたって、食事したりお酒飲んだりして、終電間際のこの時刻に、駅にいるのだ。

　吐き出された人波に押されるようにして階段を降り、さらに地下深く潜って、田園都市線のホームにたどり着くと、もうホームは朝のラッシュ時のように人で一杯だった。超満員の電車に揺られて帰ることを思うと、ちょっとうんざりする。小林は三茶だから、各駅でもたった二駅。羨ましい。どうせ一緒に帰って来るなら、やっぱり錦糸町で素直に地下鉄に乗ればよかった。そうすれば、もう二つくらい前の急行に、ゆったり座れて帰れたのに。でもあたしは、実のところ、そんなに後悔していない自分にも気づいている。地下鉄だったらきっと、小林とあたしはあんなふうに話なんかしなかったと思う。地下鉄は外の景色が見えないし、騒音も大きい。話そうと思うと少し大きな声を出さないとならなくて、それは、躊躇いながら心の奥底にあるものをそっと誰かに見せる時には、できればしたくないことだったろう。

　からだが斜めになったままで動けないほど混んだ電車で、渋谷から三茶までの数分間、あたしと小林は、とりとめのない噂話を楽しんだ。ほんの数時間前、丼屋で見かけた時は、この人とこんなふうに打ち解けるなんて考えてもいなかった。人と人との距離が縮まるのに必要なものは、時間ではなく、タイミングなのだな、と思った。心の奥底にあるものをちらりと相手に見せるタイミング。まとっていた鎧（よろい）を脱いで、ふう、と本音を出す瞬間。

3

衝撃は、月曜日の昼休みに待っていた。

「うそ」

その時、あたしはそれしか言えなかった。

「ごめんね」

弥々は、それだけ言って、手にした納豆巻きをもぐもぐと噛んだ。

来月いっぱいで、弥々が退職する。もう決めたことだ、と、言う。

あたしは、泣き叫びたい気持ちを必死に堪（こら）えていた。でも、言わずにはいられなかった。

「どうして……なんでもっと早く、相談してくれなかったのよ！」

泣き声になる。泣かずにいられるようにベーグルを口に入れたら、鼻から口に伝った涙のせいで、ふやけてしょっぱくなった。

「言いたかったよ」

弥々がはなをすすった。

「言いたかった。誰より、寧々に言いたかった。相談して、そして……辞めないで、って言って貰いたかった。でもそうしたらあたし、たぶん決心出来なかったから。いろいろ考えた。ない知恵絞って、考えたの。でもやっぱり、他に選択肢がないんだよね。……あたしが田舎に帰らないと、お母さん、また倒れちゃうもん。お正月に帰ってみて、事態があそこまでになってるって、やっとわかった。あたしに心配かけないように、お母さん、電話くれた時でもあたしには言わなかったんだ。でも、昨年の暮れにも倒れて、入院しないとならなかったのに、無理して点滴だけで戻って来たんだって。お母さんは、戻って来なくていいって言うの。せっかく地元の政治家に頼んでまで入社した一流の会社なんだから、できるだけ長く勤めなさいって。あんたにも夢があるんだろうから、それを諦めたらだめだ、って。だけど……あたし、考えたの。あたしがこの会社で働いてることに、お母さんのからだを犠牲にしてまでの意味なんか、あるのかな、って。あたしの夢はね」

弥々は、泣き笑いした。

「寧々だって知ってるよねー。あたし、BLの同人誌作ってる時がいちばん幸せなんだもん。あたしの夢って……いつまでも、いくつになっても、結婚して子供が生まれて、おばあちゃんになっても、好きな同人誌作ってコミケに出すこと、なんだもん。だったらさ、それは、東京に住んでなくてもできることだよね？　田舎に戻って、ボケちゃったおばあちゃんの介護と、脳梗塞の後遺症で左半身マヒしちゃってるお父さんのリハビリとでてんてこまいしてるお母さんの代わりに、てんぐ堂書店を継いで本屋のおばさんになっても、夢を諦める必要はないんだもん」

そうだけど。弥々の言ってることはまったく間違ってないけど。全面的に正しいけど。弥々の選択はものすごくエライと思うけど。だけどだけどだけどだけど。

あたしは、弥々と離れたくない。弥々とずっと、離れたくなかった！

「弥々の田舎、茨城じゃん。コミケ、ないじゃん。アキバも、ないじゃん」

あたしは意地悪に言う。弥々はまた泣き笑いする。

「つくばエクスプレス、あるもんねー。車使えば、有明だってすぐだもん」

「うーん、それは正直、思ってる。けどお父さんがさあ、左半分、唇動かないのに、けっこうぶつくさ言うのよね。店の名前変えるなんて言ったら、喧嘩だ、喧嘩」
「てんぐ堂書店なんて、ださっ！　店の名前、変えなさいよー」
「あるもん。てんぐ堂書店の配達用の軽！」
「車、持ってないくせに」

もう、決まったことなのだ、と、あたしはしょっぱいベーグルを呑み込んだ。弥々はひとりで決心した。自分ひとりで、自分の人生の岐路に立ち、考え、選択して、もう踏み出している。

いつも、弥々は強かった。あたま悪そうなふりして、ガキっぽい言葉遣いで、仕事のできない子って思われてても気にしない顔して、でもほんとはけっこう仕事は出来て、不倫の濡れ衣着せられても、自殺した年上の友達の為に黙っていられる、そのくらい、強い人だった。パワハラされたおじさんの為に本気で怒って、四面楚歌になるとわかっていても拳を振り上げるくらい、強い人だった。

だから、ひとりで決めた。弥々らしい。

そしてあたしは、取り残される。もう、弥々に甘えていられる時代は終わる。

偶然、弥々と、東京というこの町で、出逢った。田舎ではけっこう繁盛している書店チェーンのお嬢様で、地元の政治家のコネで入社した弥々。なんだかよくわからないくらい遠い親戚がオーナー一族とどこかで繋がっているとかのコネで入社したあたし。入社試験の最終面接で、あたしたちは出逢った。会社の、面接控室になっていた会議室で、折り畳み椅子に座って、友達になった。偶然がくれた、最高に素敵な贈り物。

そう、弥々は消えてなくなるわけじゃない。会社には来なくなるけれど、この世界に弥々がいて、彼女があたしの友達である、そのことには何の変わりもない。

「メール書くから、毎日」

弥々が言う。あたしはぶっと膨れる。

「足りない！　ケータイメールも」

「出す出す」

「一時間に一通！」

「えーっ、そんなには出せないよー。わかった、昼一、夜一、それに、本屋に来るお客でいいオトコ見つけるたび、こっそり写メ！」

「よし。それで妥協する」

弥々がやっと、涙なしで笑った。あたしもやっと、しょっぱくないベーグルの味を感じた。

来月、弥々はたまっていた有給で旅行するらしい。来月の半ばくらいで、弥々ともお別れなんだ。あと三週間かそこら。瞬く間。でも、いろんなことができるよ、きっと。三週間で、いろんなことしよう。思い出作って、二人それぞれ、自分の心のアルバムに、しっかり貼っておこう。

＊

あの金曜日の朝から一週間。半日有給とって、あたしは病院に行った。駅で倒れたあの人のお見舞い。

その人は、武田さん、という名で、四十五歳だった。都内の有名デパートの、商品管理課で働いているそうで、病気は心筋梗塞だった。

「本当に、本当にありがとうございました」

奥さんに何度もぺこぺこお辞儀をされて、あたしはすごく照れ臭くて困った。

「わたし、ほんとに何をしてませんから。駅員さんがちゃんとしてくれて、それで」

「いいえいいえ、いちばん近くにいらしたあなたがしっかりしていてくださったから、すぐに駅員さんも呼べて主人は助かったんです。駅員さんがそうおっしゃってました」

「そんな、わたし、ただ」

ただ、手首をつかまれていただけです、とは言わなかった。この人も女だ。自分の夫が若い女の手を握りしめていたなんて知ったら、きっと、ほんの少しだけ不愉快になるだろう。

武田さんは、すっかり元気そうで、ベッドに起き上がっていた。そして奥さんと同じくらいたくさん御礼を言ってくれた。

「いよいよ年貢の納め時かと思いました」

武田さんは、しみじみとした声で言った。

「いきなりね、ぐぐっと胸が締めつけられるみたいに痛くなって。心臓だ、心臓をやられた、ってわかったんですよ。でも声が出せなかった。目の前が白くなって、痛みだけがやけにはっきり、どくん、どくんと脳に伝わって来るんです。何かこう、深い穴に落ちていくような感覚があって、落ちたくない、と思ったんです。それで何かに摑まった気がするんですが……憶えていません。ただ、たぶん高遠さんのお声だったと思うんですが、大丈夫ですか、しっかりしてください、って、その声だけがね、どこか上の方から響いていた。あの声のおかげでわたしは、死の淵（ふち）から戻ってこられたような気がするんです」

武田さんの顔を、初めて、ゆっくりと見た。いつもはちらっと見て、あ、またこの人も同じ電車だ、と思うだけだった。でも今、武田さんは、名前も勤務先も知らないアカの他人ではない。名前も知っている。どこに勤めているかも知っている。奥さんの顔も知っている。

偶然が重なって、またあたしには、知っているひと、がひとり増えた。

縁って、神秘的だよな。小林さんの呟（つぶや）きが、耳の奥で聞こえる。

「今度こそ、禁煙できそうですよ」

武田さんは笑顔で言う。

「よかったですね」

あたしは、生まれてから今までいちばん純粋な気持ちで、その言葉を口にしていた。心の底から、全身全霊、武田さんが生きていてよかった、と思った。

この世界も、捨てたもんじゃない。
よかった、と思えることが、けっこうたくさんあるじゃない？
弥々と知り合えてよかった。
島さんが上司でよかった。
模型のパーツが安く買えてよかった。
海鮮丼がおいしくてよかった。
映画が傑作でよかった。
終電を逃さなくてよかった。
小林樹と仲直りできて、よかった。
武田さんが生きていて、よかった。

あたしも生きていて、よかった。

病院を出て、会社に向かう。今日から金曜日も残業。それでも、あたしはなんとなく嬉しい。どこにも行かれず、たぶん終電近くまで電卓を叩いて終わってしまう金曜日の夜だけれど、それでも、明日はお休みだ、と思うから、やっぱり嬉しい。

弥々と約束した土曜日の朝十時まで、あと二十二時間半。
明日作る新しい思い出を楽しみに、さて、仕事しよう。仕事。

命かけます、週末です。

1

「どうなんだろうね、これ」

弥々はフローリングの床にぺたんと座り込んで、新聞なんか開いていた。

「ほんとなのかしらね、そもそも、このスキャンダルってさ」

「ちょっと弥々、引っ越すのはあんたなのよ。あたしにばっか働かせないで、ほら、このガラクタの山、なんとかしてよ。どれを詰めていいのかわかんないよ。やらないんなら、みんなゴミ袋に入れちゃうからね！」

「ふぁーい」

弥々は、どっこらしょ、と床からお尻を浮かせたが、手には新聞を持ったままだった。

「あー、これかあ。これ、どうしようかなあ。昔、好きだったんだよね、こういうの」

　弥々は、積み上げられている様々なもののてっぺんから、小花模様の綿ブロードが貼ってあるティッシュケースやペン立てを手にとった。端にはレースも縫い付けられていて、今の弥々の好みとはちょっと思えない。

「わざわざユザワヤでいろんなもの買って来て、こういうの作ったんだぁ」

「そんなアーリーアメリカンな、ってか乙女チックな趣味だったこともあるんだね、弥々」

「うん、学生の頃ね。卒業してこっちに出て来た時、なんとなくみんな持って来たんだけど、不思議だねえ、ヒトの趣味って変わるもんだよね。なんか、こういうの、今はちっともいいと思わなくって」

「大人になった、ってことでないかい」

「そうなのかなあ。こういうさ、赤毛のアンっぽいのって、好きな人は六十になっても好きじゃない？　あたし、どうして趣味が変わったんだろ。きっかけ、ってのが思い出せないんだよね」

「いいって、今思い出さなくっても。それより、捨てるか箱に詰めるかだけ決めて」

「ううーん。……寧々、これいらない？」

「あたしがそういうの、すっごい苦手だって知ってるでしょ。もう、迷ってんだったらほら、かして。詰めちゃうから、ダンボールに」

「えー、だって、いらないいんだけど」

「じゃ捨てる？」

「捨てるのもなあ。……せっかく作ったたし」

「だったら詰める。ほれ、さっさとする！　あのねぇ、弥々、あんた、水曜日からパリなんだよ！　火曜日には引っ越し屋さんのトラック、来ちゃうんだよ！　んで今日は土曜日なんだよ！　わかってる？」

「わかってるってば。今日と明日あれば、なんとかなるって。月曜日も夕方まで時間あるし」

「時間ある、って、月曜日にはこの部屋掃除して、いろんな手続きもあるじゃん。それで四時には出社して退職の挨拶(あいさつ)してまわるんでしょ、夜は送別会でどうせ酔っぱらっちゃうんだから、なんにもできっこないじゃん。それで火曜日にトラックが来るんだから、時間なんてぜんぜんないっ！」

「そんな焦らなくても、寧々が引っ越しするんじゃないんだから」

「あったりまえじゃーっ！」

あたしは呑気な弥々の頭に、手にしていた雑巾をぶつけてやった。もう、弥々ったら、朝から荷造りしてるのに、まだダンボール三箱しか片づいてない。こんなんじゃ、火曜日に引っ越しなんて無理だよ、ぜったい。

「ま、いっか」

あたしは呆れて言った。

「もう間に合わないとなったら、全部捨てる。捨てるからね。どうせ引っ越しゴミは業者に頼んじゃうんでしょ、だったら適当に袋に詰めて置いとけば、持ってってくれるだろうし」

「わかった、やる。やるやる、やります！」

「当然。あんたの引っ越しであたしんじゃないんだから。だからさあ、退職金も少し出たんだし、引っ越しはらくちんパックとかにすれば良かったんだよ。弥々、自分でわかってたでしょうに、こういうの苦手なタイプだ、って」

「だってあれ、けっこう高いんだもん」

「有給消化をパリでしようって人が、何言ってんだか」

「パリなんて、買い物しなければそんなお金、かかんないよ。格安航空券だし、ホテルは三日分だけ普通のとこ予約したけど、あとは向こうで、長期滞在者用の安いの探すし」

「弥々ってフランス語、できたっけ？」

「ううん、出来ない」

「出来ない、ってそんなあっさり」

「なんとかなるよ。たった二週間だもん、身振り手振りでさ」

あたしは手にした箱を開けた。絵葉書がたくさん詰まっていた。

「羨ましいなあ、弥々。パリかぁ。あたし、行ったことないし。大学の卒業ん時、ヨーロッパに行くかアジアか迷ってさ、結局、アジアにしちゃったから」

「アジアってどこ行ったの？」

「ベトナム、タイ、かな。ベトナムで一週間、タイで一週間。帰りに香港で三日」

「それも面白そうだね。あたし、ホーチミンとか行ったらもう、アジア雑貨とか買いまくりでさ、アオザイとかもぜったい、オーダーしちゃう！」

「弥々はパリで何するつもり？」

「特になんにも。ただぶらぶらして、美術館とかは行くだろうな。でも、あんまり決めてない。もう一生、二週間も外国の街でのんびりするなんてことないだろうから、とにかくぶらっと歩いて、いっぱい、パリの空気を吸うの」

「新婚旅行とかあるじゃん」

「無理。てんぐ堂書店の経営、って大仕事があるからさあ、仮にお婿さんが決まったとしても、新婚旅行なんて呑気に行ってらんないよ。せいぜい、台湾に三日とかね。あ、そうだ、新婚旅行でベトナム行こうかな。ホーチミンとハノイで四日はきついと思う？」

「わかんないけど、その前にまずはお婿さんだね。お見合いとかするんだ」

「する。したくないけど、まあ、しゃあないね。なんかさ、あたし、小さい頃から諦めてた気がするよ、恋愛結婚」

「そんなあっさり。お見合いだって、一対一の合コンだと思えばいいんだからさ、出逢いだって割り切れば、恋愛のきっかけにはなるんだよ」

「理屈ではね」

　弥々は、見ただけでは用途が不明なプラスチックの何かを手に、買った本人もそれが何なのかわかりません、というように首を傾げて言い、それから溜め息をひとつついて、その正体不明なものを箱に入れた。持って行くのかよ！　うーん、やっぱあたしが手伝って良かった。弥々に任せておいたら、生ゴミまで全部ダンボールに詰めて実家に送りそうだ。

「理屈では、お見合いも恋愛の入り口にはなるよ、そりゃ。でも、やっぱ微妙に違うのよ。お見合いで始まる恋愛ってのはさ、結婚がすぐ目の前に見えてるわけよ、こう、はっきりとね。だって結婚する気がなければ断るわけで、つき合うってことはそのまんま、すぐ結婚、ってことだから。だいたい、半年から一年先には結婚する、それが前提で始まる恋愛だもの、緊張感っていうか、先が見えない焦燥みたいなもんとは無縁でしょ？　恋愛ってのは、先が見えないで始まるから燃え上がるんだと思う。お見合いした相手が好みのタイプで、こりゃラッキー、って感じでそのまま好きになっちゃったとするでしょ、そしたら次に考えるのはもう、ウェディングドレスのデザインだとか、披露宴の会場のことだよ。でも普通の恋愛は違うじゃん、まずはさ、どこにデートに行こうかとか、二人で旅行したいな、なんて考えて、わくわくするじゃん。いきなり式場の予約するのにカレンダーで大安探したりはしないわけよ」

「だけどぉ、結婚したくて恋愛する女も多いよ」

「でもできるとは限らないでしょ？　お見合いから始まった恋は、結婚出来ない率の方がはるかに低いのよ。逆に、普通に始まった恋は、結婚まで行き着かないことの方が絶対、多い。行き着きたいと自分は思ってても、相手がそこまで考えてるかどうかわからない」

「そういうことって、重要なんかなあ。あたし、どうもイメージ、わかないんだけど」

「重要だよ、人生にとっては。結婚がそんなたいしたことじゃない、なんて考えは、あたし、甘いと思う。あたしたちと同世代でもさ、もう結婚して離婚した、なんて友だちもちらほらいるじゃない。そんな人とちょっと話すと、もうみんなげっそりして言うもん。結婚するのは簡単だけど、離婚するのはその何倍ものエネルギーが必要だよ、って。結婚って、社会契約なのよ。ちゃんと法律上の義務を伴った契約。だから結婚に慎重になるのは当たり前で、恋愛はしてもいいけど、結婚は、いい加減な気持ちでしたらいけないんだと思う。でもお見合いで知り合った人のこと好きになったら、舞い上がってるうちに結婚式になっちゃうんだから、じっくり考える暇もないんだよ」

「言ってることはわかるけどさ」

　あたしは、少なくとも三年は前に新発売された化粧品のお試しサンプルがどっさり詰まった巾着袋をちょっと開けてみて、弥々に気づかれないうちにゴミ袋に放り込んだ。

「もちろんいい加減な気持ちで結婚したら別れるのが大変とか、子供が出来ちゃったらどうすんのよ、って問題はあるんだけど、でも、そんなにじっくり考えてたら、結婚なんて誰も出来なくなっちゃうんじゃないかな」

「じゃ、寧々はできる？　はずみで結婚、みたいなの」

「うーん……あたしの性格からすると……無理か、やっぱ」

「でしょ？　あたしも無理。恋愛はしたよ、いっぱい、ってほどでもないけど、それなりにしたと思う。だけど一度も、結婚まで突き進みたいと思わなかった。結婚したいな、この人と結婚できたらいいな、と思うことはあったけど……でもうちの場合、お婿さんに来て貰うって難関があるし、たぶんそしたら相手は躊躇するでしょ、その躊躇を説得したりなだめすかしてまで、お婿に来て欲しいとは思わなかった」

「まあね、弥々の場合は確かに、簡単にはいかないよね」

「でも婿入りじゃなくたって、ほんとは大変なことなのよ、結婚って。なのに、みんな簡単に考え過ぎてるんじゃないかなあ、なんて思うんだよね」

弥々は妙に真面目な顔をしている。その膝の上に、さっきの新聞が折りたたまれて置かれていた。

「なんか、新聞にそういうネタ、書いてあったの？」

「あ、これ？　うん……ほら、この、高橋って人のスキャンダル」

「ああ、あれか」

　ここ数日、テレビのニュース番組でもワイドショーでも大騒ぎしているスキャンダルだ。与党の若手政治家で、次世代の総理候補筆頭と言われていた高橋某が、テレビの美人キャスターとお泊まりデート、ってやつ。独身同士なら少なくとも道義的問題はなかったわけだが、もちろん不倫である。しかしそれが発覚しただけならば、ここまでの騒動にはならなかったかも知れない。高橋某が政治活動として行った視察旅行にこのキャスターを同伴していたという事実が女性週刊誌によってすっぱ抜かれた。何を隠そう、その女性週刊誌は我が社の雑誌である。今や、高橋某が釈明に追われて火だるまになるのみならず、女性キャスターも番組降板の危機に直面している。

　あたしは弥々の膝から新聞をとって開いてみた。弥々が読んでいた記事はすぐに見つかった。問題の女性キャスターが、病気を理由にレギュラーの番組すべてを休むという小さな記事だ。新聞的には高橋某の方が問題であって、女性キャスターの動向などにはさほど関心がないのだろうか。だが明日になれば、テレビのワイドショーや女性週刊誌の中吊り広告は、このキャスターの病気休養について、さぞや大袈裟に騒ぎ立てることだろう。

「これねえ……この人、相手の男が妻帯者で政治家なんだから、やばい、って思わなかったのかなあ。脇が甘すぎだよね、どう考えても」

「寧々も、女の方が悪いと思う?」

「いや、まあ恋愛にどっちが悪いとかなんとか、ってのはないけど。たださあ、このキャスター、この若さで十時台の一時間枠のニュース番組でレギュラーになったってことは、才能あったわけでしょ。もったいないじゃん。男はさ、下半身のスキャンダルなんか、そのうちみんな忘れる、くらいなノリなのかも知れないけど、女には痛いよ。少なくともこの人、もうニュース番組のアンカーは出来ないよね。やっぱああいう番組って、だらしなさそうな人にはやって貰いたくない、って視聴者は思うだろうから。せっかく勝ち取ったポジションなのに、それを死守しようって気持ちがあったら、よしんば恋をしてもさ、もっと慎重になれたはずだと思うんだけどなあ」

「でも、この高橋って人、キャスターの人より十五も年上なんだよ。しかも政治家だよ、政治家。恋愛は五分と五分、だからって、バカさ加減まで五分と五分でなくてもいいじゃないのよ。女の方が舞い上がっちゃってても、自分には妻がいるんだ、って思えば、踏みとどまれるはずよ」

「うーん」

あたしは、知ってはいたものの、そして慣れてもいたものの、弥々のこの理想主義的というか、純情というか、男性全般を高く評価し過ぎって感じの考え方には、違和感というよりは危惧を感じてしまった。確かにそりゃそうだけど、十五年上でもバカはバカだし、政治家でもバカはバカではないだろうか。きっと高橋某は、これが初めての不倫じゃないはずだ。この男は、これまでも美人と見ればつまみ食いして生きて来た。妻がいるのに他の女とホテルに入ることを特別に悪いことだなんて思っていなかったに違いないのだ。こういうケースでは、やっぱり女の方が、自分の人生がかかった問題なんだという認識を持って、用心深く行動すべきだと思う。だって、こうやってバレちゃった時の痛手は、男よりずっと大きいのはわかっていることなんだもの。政治家の不倫なんて、妻がゆるすと公言すればそれでおしまいのスキャンダルなのだ。

あたしだって恋愛に詳しいわけでも経験豊富なわけでもないし、そもそも、つき合った、と言える男は学生時代から数えて、いや、初恋から全部数えたって、たぶん五人にもならない。セックスしちゃった相手となるとこれはもう……哀しいけど、たった二人だ。だから、恋愛問題について弥々に説教たれられる立場じゃないことはよくわかってる。わかってるけどさ、弥々みたいな子って、やっぱりアブナイよね。男に多くを期待し過ぎるから騙されるんだから、みんな。

しかしなあ。ちょっとは真面目に考えないとならない問題なのかも。

弥々は、実家に戻って、いずれは本屋チェーンの女社長になる。そして見合いをして、てんぐ堂書店にとって有益な結婚をするのだろう。たとえ弥々の理想主義的男性観がいかに強固であろうとも、見合いの相手が結婚詐欺師だったり妻帯者だったりする可能性は極めて低いだろうから、弥々があの女性キャスターのように崖っぷちに追い込まれることは、まず、ない。なんだかんだ言って、弥々は堅実に結婚し、堅実に夫を愛して歳をとるのだ。でも、あたしは？　あたしはこれからどうなるの？

寧々と弥々、なんて、冗談みたいな名前の二人が友だちになって、それでこの八年近く、あたしは楽しかった。もちろん、嫌なことは山ほどあったし、もう会社なんか辞めてやるっ、と思ったことだって、一度や二度や、五十度や百度はあったかも知れないけど、それでも、会社でいじめに遭って苦しんでいる人や、いろんなことで差別されている人たち、いろんな心労で鬱病になっちゃった人たちと比べたら、お気楽で苦労知らずで、なんと羨ましいんでしょ、あんたなんかにその境遇はもったいないわよ、というところなのは間違いない。いちおう簿記の勉強もしているし、大きなミスは滅多にしないし、チームワークを乱しているとも思わない、給料分くらいは働いて会社に役立っているという自負はある。あるけど、その一方で、気にするなっていくら言われても、自分がコネ入社なんだってコンプレックスからは逃げられない。どんなに頑張ってもそれで出世したら、コネのおかげだ、って陰口叩かれるのがわかっているから、ちょっと昇給しただけでも、誰かにひそひそ言われているみたいな気がして落ち着かない。背中が痛痒い。

そんな、勝手にじたばたして窒息しそうになるあたしの心を、同じコネ入社の弥々の存在が、ふんわりと包んで優しくもみほぐしてくれていた。だからあたし、毎日働いて来られたんだと思ってる。

その弥々が、もういないのだ。

正式な退職は今月末だけど、もう来週の火曜日から、弥々は会社に出て来ない。来ないんだ。

そしてあたしは……いったい、これからどうするつもり？

自分で自分に、毎日何度も問い掛けているけれど、答えなんかどこにも落ちてなかった。

経理、という仕事は嫌いじゃない。世間的に見たら、すっごく地味で、なんかネクラで、いい子ぶってて、お金に細かい人がやってそうで、それでいて、ちょっと高い買い物したりすると、こいつ会社のカネ、ごまかしてんじゃねえの、って思われたらヤだなあ、なんて気にしてしまう、とにかく損な仕事だと思う。合コンしたって、経理部ってモテないんだよね。って言うか、経理部と知ってそれで近づいて来る男はやばいわけで。まあ別に、仕事で男にモテたいとは思わないけど、いずれにしても、そんなんだから経理が嫌いなのか、と言われれば、いいえ、けっこう好きです、と答えると思う。

　数字って、決して無味乾燥なもんじゃないんだよね。その数字ひとつひとつの意味を考えていると、世の中のいろんなものが見えて来る。あの小林樹と喧嘩したのも、経費の精算書が原因だった。でもあたし、普段から誰かの不正請求ばっかりに目くじらたててるわけじゃないのよ。むしろ、数字を見ながらぼんやり夢想していることの方が多い。

　ふーん、京都に出張かあ。作家の○○さんって京都に住んでるんだ。へえ。接待に三人で四万五千円。高いなあ。この料亭、京都でもいいお店なんだろうなあ。何を食べたのかなあ。松茸の土瓶蒸しも出たかなあ。あれ、こっちは高松出張。高松ってどこだったっけ。愛媛？　あれは松山か。高松は香川？　わ、昼食がたった三百五十円、これ絶対、讃岐うどんだ！　いいなあ讃岐うどん。食べたいなあ……

なんて。

もちろん、そういう夢想にふけっているだけじゃなく、もっとシビアな現実が数字から見えて来ることもある。あたしは社員の給与計算は担当していないけれど、たまに他の人が計算した結果の精査をすることがあるので、そんな数字も垣間見てしまう。個人名は社員コードでしか表示されないので、誰のボーナスがいくら、なんてことはわからないけど、部署ごとにいくらかはある格差みたいなものを知って少しショックを受けたり、トップクラスらしい人たちの給与が、実はそんなにものすごくもないことがわかって、なんとなーくホッとしたり、アルバイトに支払う給与の総額が毎月減っていくのがなんでなのか、理由を考えてみたり（詳しいことはわからないけれど、アルバイトを減らして派遣社員を増やしているからみたい）と、数字を睨みながらいろんなことを思って一喜一憂できるのだ。そう、経理ってね、実はすごく面白い仕事だと思う。広告宣伝費や交際費なんかをじっくり研究すれば、あたしが勤めているこの会社が、どんな世界と繋がっていて、どんな人たちによって支えられているのかがわかったりもする。会社の他の部署にいたのでは、自分が担当する狭い範囲の世界しか知らずに終わってしまうかも知れないのに、経理で数字を見つめていると、社内のありとあらゆるところの動きが、現実が、わかって来る。

あたしは、大袈裟に「生き甲斐（がい）」だなんて言えないけど、とにかくこの仕事が嫌いじゃなくて、ずっと続けていてもいいかな、と思っている。働いていること自体、けっこう楽しいのだと思う。

でも、じゃあ定年までここにいる？　この仕事、続ける？　と誰かに問われたら、即答できないとわかっている。

明日のこと、今週いっぱいのこと、あるいは今月、来月、来年、再来年くらいまでのことなら、イメージ出来るのだ。自分はたぶん、とんでもないミスをしてクビにならない限りは、再来年くらいまでは確実に、ここにいるだろう。優しくて有能な島さんの下で、毎日電卓を叩き、請求書を睨み、経費精算書に溜め息をつきつつ、働いているだろう。弥々はいなくなるけれど、探せば一緒にお昼を食べてくれる人くらい、なんとか見つけられるだろうし、仮に見つからなくっても、島さんがいてくれる。彼女は毎朝、ご主人の分と自分の分のお弁当を作っているから、滅多に外でランチをとらない。文庫本を片手に自分の机や休憩室で、ひとりでも楽しそうに食事している。たまにお弁当組の連中が島さんを取り囲んでいることもあって、そんな時はもっと楽しそうだ。もし、誰もあたしとランチしてくれなくなっちゃったら、テイクアウトで何か買って、島さんと食べればいいんだもの。島さんに教えて貰って、自炊だって少しずつ始めたから、そのうちにはちゃんと早起きしてお弁当くらい作れるようになるだろうし……なればいいなあ、と思ってるし。

アフターファイヴだって、もともと、さっさと帰って模型作りするのがいちばん好きだから問題ない。給与にも、まあ満足している。と言うか、この出版不況でこれだけいただいているんだから、不満を言うのはさすがに不遜だと思う。あたしより年収が少ないのに、一家を養わないとならないお父さんだってたくさんいるんだものね。

社食のある会社、しかも新しいビルの綺麗なオフィス。そこそこの給料。特に良いとも思わないけど、そんなに悪くもない社内人間関係。通勤は、まあ少しきついけど、まだ二十代なんだから耐えられないことはない。

世間一般から見れば、おまえなんかには分不相応だ、と怒られそうな、あたしの会社員生活。

それなのに……再来年はいい、でもその先は？　その先、あなたはいったい、どうしたいの？　という質問の答えに、あたしは詰まってしまうのだ。

会社の模型を作ろうと決心したあの時は、定年まで勤めている自分、のイメージが頭のどこかにあったのだと思う。とてつもなく時間のかかる模型制作が可能だと思ったのは、自分があと何十年か、ここで生きている、と思っていたからだ。

でも今、あたしのあたまの中に、そんなイメージはない。なくなっちゃった。

弥々が会社を辞めて、東京を離れる。それが目の前で具体的になってみて、人生とは常に変化しているものなのだ、という事実に直面してしまった。否応(いやおう)なく、すべてのことは、時の流れにのって流れていくものなのだ。変わらないでいつまでもあるものなんて、ないんだ。島さんだって、いつまで会社にいるのかわからない。島さん自身にだってたぶん、わからないだろう。島さんが定年まで勤めるつもりでいても、ご主人が転勤になるとか、会社を変わるとかして首都圏に住めなくなることだってあるかも知れない。先の人生に何が待っているのかなんて、誰にもわからないのだ。周囲が変わらなくても、あたし自身が変わることだってあると思う。不意に両親のいる鳥羽(とば)でペンションの手伝いをしたくなるとか、外国で暮らしたくなるとか。まさかとは思うけど、突然大恋愛して、その人と結婚する為(ため)に会社を辞めることになる、なんて展開だって、皆無というわけじゃないでしょ？

人は変わる。それは、人の周囲が常に変わっているからだ。

自分は変わりたくないと思い、変わらないぞ、と頑張ってみたって、やっぱり変わる。変わらないでいたら、時の流れに溺れて沈んでしまう……きっと。

あたしは、再来年のその先、いったい、どうしたいんだろう。

わからない。

それってつまり……あたしには……未来に対してのイメージが、ビジョンがない、ってことだ。

今の生活は、それなりに心地よい。出来ればこのままでいたいと思う。けれど、このままではいられない。

「とかなんとかあたしばっか怒って、寧々もボーッとしてんじゃん」

おでこに柔らかいものが当たって、あたしは、ぐるぐる回り続ける思考から解放された。弥々がぬいぐるみをあたしにぶつけたのだ。黄色い仔犬のぬいぐるみ。

「あれ、これってなんか、見覚えあるなあ」

「ほんと？　それ、誕生日に貰ったんだよ」

「誰に？」

「うーんと、ね」

弥々は、なぜか下を向いて、ぽそっ、と呟いた。

「坂上くん」

「……坂上くん、って……あたし、うちの会社で坂上ってひとりしか知らないんだけど」

「たぶん、その、坂上くん」

「たぶんその、って……えええっーっ！」

あたしは思わずのけぞった。坂上くん。あの、坂上くん？？？

「どうして坂上くんが、弥々に誕生日のプレゼントなんてくれたわけぇっ⁉　って言うか、なんで弥々、月刊ダンディの坂上浩介と知り合いなのよーっ」

「今は週刊誌だよ。週刊レディス・ウィーク。去年の秋に異動になってるから」

「い、異動になってるから、って、そんなこと一言もあたしに言ってないじゃん！」

「なんで坂上くんの異動のことなんか、寧々に報告しないとなんないのぉ？　訊けば教えたけど、寧々、訊かなかったじゃん」

「そうじゃない、そうじゃなくって！　坂上浩介と個人的に知り合いだなんて、弥々、これまでひとっ言もあたしに言ってないよ！」

「えっ、言わなかったっけ？」

「聞いてないっ！」

「ありゃりゃ」

弥々は、ちょっとしらじらしく舌をぺろっと出した。

「言ったと思ってたぁ。ごめんね、寧々。でもさ、寧々まで坂上くんに興味あるだなんて、あたし、想像出来なかったし」

「いや、別に興味ってことは……だけど、あの人はちょっと特別でしょう？　誰だって興味、持つでしょう？　元は俳優だったのに、いきなり大学入って芸能活動休止してさ、それで卒業しても芸能界に戻らないで、引退して就職した男なんて、そうそうお目にかかれないよ。俳優だった頃は、あんまし好みでもなかったけど、うちに入社するって噂聞いた時は、さすがにのけぞったもん。生で見た時は、あたまがちっちゃくて足が長くって、やっぱ芸能人って違うなあ、とかちょっと感動しちゃったし」

「でも、あの人も入社して三年だよ、もう珍しさも薄れたじゃない」

「薄れたって言えば薄れたけど、だけどね、こんな身近に、誕生日にプレゼント貰うくらい親しくしてる奴がいるだなんて、今の今まで思ってもみなかったから、びっくりしてんのよ、今！」

「ごめんってば、ほんと、寧々には話したと思ってたんだよ」

嘘だ。

あたしは直感的に弥々の嘘を見抜いた。弥々があたしに隠し事するなんて、会社を辞めて家業を継ぐことについて悩んでいただけなのかと思ったのに、また隠し事発覚！

そりゃ、あたしと弥々は別に、女同士恋愛してるわけではないし、もともとが二人ともどっちかと言えばおたく系人間で、ひとりで好きなことやってるのがいい、ってタイプだから、なんでもかんでも事細かに相談したりはしないし、相手のことが一から百まで全部知りたいわけでもない。あたしにも、弥々に話していない小さな事柄はいっぱいある。弥々にだって、いちいちあたしに言う必要ないよね、と思っていることは、それこそたーくさんあるだろう。

でもね。

変だよ、弥々。絶対、ヘン。

俳優の坂上こうすけ、本名・坂上浩介が、なんと我が社に入社するらしいという噂を最初に耳にした時には、あたしも弥々もミーハーに大騒ぎしたんだもの。俳優時代は特にファンでもなかったけど、芸能界をすっぱり引退して出版社に入社するってだけでも興味あったし、それが同じ会社となれば、騒ぐな、という方が無理。それで新入社員研修であちこちの部署をまわらされている間は、自分のところにも来ないかなあ、人事に情報ないの？　なんてまた騒いで、最終的に配置が月刊ダンディと決まってからは、用もないのに、月刊ダンディ編集部のあるフロアを二人でうろうろしてみたことだってあるんだから。つまり、あたしと弥々との間では、坂上くん、は立派なネタだったのだ。

　でも人間なんて飽きっぽいもんで、一年も経つ頃には坂上浩介が同じ会社にいる、なんてことは、別段、気にするようなことでもなくなっていた。月刊ダンディの経費精算はあたしの担当ではないので、坂上浩介の出張旅費内訳なんてものも見る機会はなかったし、そもそも月刊ダンディは、四十代以降のオヤジ世代をターゲットにした情報誌で、巻末の方の連載記事「これぞ決定版、男の料理！」の料理写真がやたらとおいしそうなので、喫茶店で見かけたりすれば後ろの方だけぺらっとめくってみることはあるけど、社内見本を申請するほどには興味がない。それだから、坂上くんが異動して女性週刊誌にいるなんてことも、社内報の「今月の人事」でもしかすると読んでいたのかも知れないけれど、記憶にはまったく残っていない。

　だけどね。あたしが言い出さなくたって、どっかで坂上くんと知り合いになって、誕生日のプレゼントに仔犬のぬいぐるみを貰うくらいのことがあればさあ、あたしに一言、報告があってもよかったんじゃないの？

女同士の関係で、なんでもかんでも相談しないと「わたしに黙っていたのねっ」といきり立つみたいなのは、ヒステリックで子供っぽいと思っていた。そういうのって、べたべたしてて気持ち悪い、って。でも、実際に、弥々があたしに黙っていた、という事実には衝撃を受けるしかなかった。

あたしは、手にした黄色い仔犬を見つめた。そんなに高価なものではないけど、UFOキャッチャーでゲットできる類いのものでもなさそうだ。手作りで、しかもヨーロッパからの輸入品。このタグには見覚えがある……ショッピングセンターなんかにたまに入っている、輸入ぬいぐるみの専門チェーンのタグ。ずっと前、弥々と何かのイベントを見に横浜まで出かけて、帰りに適当に私鉄を乗り継いで行ってみた郊外のショッピングセンターで見かけたんだった。店内には、こんなふうに手作りされたぬいぐるみや人形がぎっしりと並べられていて、けっこう興奮させられた。弥々はこの手のかわいこグッズが大好きだし、あたしはあたしで、手作り、っていうところに妙に心惹かれたのだ。一針一針、人の手が布を縫い、綿を詰め、ボタンを縫い止めてできあがるぬいぐるみたち。あたしは裁縫が下手で、雑巾一枚まともに縫えないけれど、模型作りの感性とぬいぐるみや人形を作る感性とは、きっと似ているはず。あの時も、こうやって、売られているぬいぐるみを手にとって、買っちゃおうかなあ、なんて考えたんだっけ。でも、単行本が二、三冊買えるくらいの値段は、あたしにとってはちょっと、さほど執着のないぬいぐるみ、という物に対する価格としては、高かった。そしてあの時、弥々も、これ欲しい〜、これも可愛(かわい)い〜、と騒ぎつつ、財布の中身を覗(のぞ)き込んで購入は断念していたのだ。

「あ、わかった」

あたしは、すごくわざとらしく言った。

「これ、ほら、横浜行った帰りに寄ったショッピングセンターで見たじゃん。弥々、欲しがってたよね、これとおんなじような、白いやつ」

「あれ、そうだったっけ」

弥々は下を向いたままでシラをきった。

「……偶然だと思うよ。あの店って、確か都内にもあるし。えっとね、組合の会合でさ、隣りの席になって、そのあとの飲み会でちょっと話した時、誕生日の話題が出て、それがすぐ近かったんで、くれたんだと思う」

「思う、って、坂上くんがくれたんでしょ、これ」

「まあそうだけど」

「ちょっと話して、誕生日の話題が出たくらいでプレゼントなんか買うかなあ、年下とは言っても、独身男がさ、独身女に、さ」

「な、なんかのついでだよ。そう、カノジョにプレゼント買ったついでに、バーゲンで安くなってたから、とか」

「ふうん」

あたしは意地悪な気持ちになっていた。弥々が、ここまでじわじわ追い詰めても白状しようとしないのに、とても苛立っていた。いつもの弥々らしくない。会社を辞めるって言い出した時も、あまり突然であたしは怒った。相談してくれないのが悔しくて、淋しくて、泣いた。でも、弥々の気持ちは伝わっていた。言い出せなかった気持ちがわかって、胸がずきずき痛んだくらいに。

だけどこれは、少し違う。なんだか足の先がむずむずする。この隠し事は、弥々の心にとってもあまりいいことじゃない、そんな気がする。

「これ、いらない？　いらないならあたし、貰ってもいいかなあ。ここのぬいぐるみ、ちょっと高かったけどさ、欲しかったんだ」

弥々は顔を上げた。びっくりしたみたいに目を見開いて、それから、確かに、イヤとかうんとか、ダメとか、拒否しようとする顔になった。なったのに、弥々は……こくん、と頷(うなず)いて、とってつけたみたいに笑った。

「いいよ、あげるよ、寧々に。寧々んとこだったら可愛がって貰えるもんね、なにしろ他にぬいぐるみも人形もないんだから。わたしんとこは、いろいろあるからさ、愛情が不足しちゃうんだ。でもぬいぐるみとか人形って、捨てるのなんとなーくイヤじゃない、けっこう困るよねぇ。みんなどうしてるのかなあ、ＵＦＯキャッチャーとかでいっぱい集めてる人とか」

「あっさり捨ててんじゃないの、飽きたら」

あたしは仔犬を自分のトートバッグに押し込み、不機嫌に言った。

「燃えるゴミで出してんだよ、きっと」

「そんなあ……可哀想(かわいそう)」

「どうして？　ぬいぐるみはぬいぐるみで、布と綿の塊でしかないじゃん。飽きちゃったら捨てるしかないよ」

「でも寧々、寧々だって自分が作った家の模型、ゴミとして捨てられたら悲しいでしょ」

「捨てられたってわかればね。でも、わかりっこないもの。あたしが模型あげたり売ったりした人たちだって、捨てる時はあたしに知られないように捨てるでしょ。あたしの知らないところで燃えるゴミになろうが燃えないゴミになろうが、そんなこと気にしてたたって仕方ない。ぬいぐるみだって、デザインした人とか作った人はみんな、捨てられるかどうかは考えないようにしてると思うよ。そんなこと考えたってどうにもならないし、何もかもすべて、ほんとのことを知るのがいちばんいい、ってわけじゃないもんね。でしょ？　弥々」

刺々(とげとげ)しい、嫌な会話になった。あたしは、自己嫌悪(けんお)でどよんと暗くなってしまった。いよいよ弥々とお別れだっていうのに、今になって気持ちがすれ違ったなんて、ほんとについてない。やんなっちゃう。でも、自分から謝ったり下手(したて)に出る気には、どうしてもなれなかった。

悪いのは弥々の方だ。そう思った。

2

時間が経つのがのろく感じられて参ったけど、予定通り、五時には弥々の部屋を出た。明日また、手伝いに来るね、と言うと、弥々は少しだけ安堵(あんど)したみたいな顔で、弱々しく微笑(ほほえ)んだ。そういうなんか頼りない感じも、まったく彼女らしくない、と思ってむかついた。弥々は、あたしに坂上くんに関することを隠していた点について、自分でも負い目を感じているのだ。だったらなんで話してくれないの？　もうバレちゃったんだから、打ち明けてくれたっていいじゃないの。いったい、坂上くんとは何があったの？　いつ、どうやって知り合いになって、どうして仔犬のぬいぐるみなんか貰うことになったの？

弥々は、ほんとは彼のこと……どう思ってるの……？

だけど、あたしも弥々も、中学生じゃない。お互いの人生に無理に踏み込むことは出来ないし、弥々が話してくれないことなら、くよくよ考えていても仕方ない。ちょっぴりむかつきはしたけれど、もう忘れよう。明日は機嫌よく出かけて行って、ラストスパートで荷物を詰めないと。今夜、弥々はひとりで出来るだけ頑張るとか言ってたけど、まったくあてにならないし。明日は小林樹も手伝ってくれることになっている。それがあたしが小林に出した、交換条件、だったから。

まったく、小林樹も調子のいいヤツである。

仲直り出来たのは良かったし、あれから時々、社内のカフェテリアでだべったりしてるけど、話しているとけっこう、ウマが合う相手だということがわかって来た。もちろん、恋愛感情なんてものはないけどね。だって小林は、あの島さんの恋人だったんだもの。あたしだって鏡くらい見るし、ウルトラ身の程知らずじゃないからね、あんな素敵な島さんと恋愛をした後であたしなんかを相手にするほど酔狂な男なんていないだろうというのは、わかってる。それに今のところ、焦って恋愛しようという気にはもうひとつなれない。まあそんなことは向こうだってお互い様で、だからかえって気楽にお茶なんかできるわけ。それはいいんだけど、小林が見たいと言うので、極秘にしている「会社丸ごと模型化計画」の一部、完成した部分だけをこっそり見せてあげたのが悪かったのだ。小林は、そんな大袈裟な、というくらいに感動してしまって、その模型を社内報に載せろ、いや、新聞ネタになるから俺に任せろ、とかってひとりで盛り上がってしまった。もちろんあたしは、そんなのイヤだ、と断固拒否した。あたしがそんなものを作っていると誰かに知られたら、みんな意識してあたしの前では妙にぎこちなくなっちゃうだろうし、そもそもこれはあたしの完璧なる個人的趣味であって、誰かに見せようと思ってやっていることではない。いつまで会社に勤め続けるかはわからないけれど、勤めている以上は、会社丸ごとあたしの心の中に小さくしまって、それなりに大事に考えてみたい、そう思ったから始めたことだった。毎日毎日通って、人生の時間をたくさん費やしている場所だからこそ、愛しさもあるし憎しみもある。ありがたいと感じることもあれば、すんごい腹立つこともある。そんな気持ちをひとつひとつ込めて、机や椅子やキャビネットやコピー機の汚れや傷まで再現してみることで、自分がそこで過ごしている、今、という時間を、何か、永遠に近いものへと昇華させてみたかった。かっこつけて言えば、そんなところ。

が、小林は、飲み友達だとかいう総務部の次長に喋ってしまったのだ。総務部次長の重松さんは、社内報の編集長も兼任している。そして、出版社の社内報にしては芸がない、なんとか面白いものにしろ、と、社長からハッパをかけられていたらしい。

小林と一緒にあたしの部屋に押しかけて来て、最後はまじに土下座しようとした重松さんの勢いに押されて、あたしは渋々、完成した模型を少しずつ、社内報の表紙に載せることに同意してしまった。ただし、作ったのがあたしだってことは、厳重に箝口令を敷いて秘密にする、って条件で。あたし自身も、島さんにこっそり、模型作りしていることは内緒にしてください、と頼んである。島さんには以前に、お子さんにあげてくださいと、模型をプレゼントしたことがあったから。

かくして、他の社員があまり出社していない土曜日の、しかも夜に、秘密の撮影会が行われることになった。

弥々の部屋から自分の部屋に戻って簡単に夕飯を済ませ、車で小林が迎えに来るのを待って、完成している模型だけをそっと小林の車に積み込んで会社へ向かう。

週末の夜七時過ぎ、正面玄関は施錠されているので、脇の通用門から中へ入り、警備員に社員証を見せて、模型を運び込んだ。とは言っても、まだ出来上がってるのは本当に少しだけで、玄関ホールと一階のエレベーターホール、それに馴染みのある経理部経理課と、経理課の外の廊下、総務部の一部、雑誌編集部が集まっているフロアの廊下、まあそんなところ。このスピードで作っていくと、全部出来上がるのにあと十年くらいはかかりそうだ。でも、あたしは特に急いでいない。社内のおおよそのところはしっかりデジカメに撮って記録として残してあるので、あとはそれを見ながら作り続けるだけ、あと十年かかろうが二十年かかろうが、誰に迷惑をかけるわけでもないし。だいたい、そんなに早く作ったのでは、出来上がった模型を置く場所がなくて困ってしまう。あたしの計画では、あと一年貯金したら、もう一部屋多いところに引っ越しして、その一部屋を完成品置き場にする。その部屋がいっぱいになる頃にまた引っ越しして、もう一部屋多いところに住む。それも限界になったら、模型置き場にコンテナ物置でも契約しようと思っている。

重松さんの計画では、今完成しているものだけで向こう一年分くらいの表紙は撮影できるようだ。とりあえず読み手が飽きるまでは続けたいので、一年先までには同じくらいの分量、作っておいてね、と言われたけれど、それは約束できません、とつっぱねた。誰がなんと言おうと、これは趣味なのだ。趣味に制作期限なんか設定されるのはごめんだ。

完成した模型は、組み合わせると会社の$\frac{1}{150}$スケールになるのでけっこう大きいのだが、細かく分けられるようになっているので、紙袋四つに収まっている。それらを地下の社内スタジオに運ぶ。社内報は社長の肝いりで、けっこう潤沢（じゅんたく）な予算がついているらしく、写真はちゃんとプロのカメラマンが撮る。

スタジオにはカメラマンと重松さんが待っていて、紙袋から出した模型にいちいち大袈裟に反応し、大騒ぎした。特にカメラマンは子供みたいにはしゃいで撮影を始めた。

男ってほんと、模型が好きだよなあ、と、あたしはあらためて思ってしまった。

何度も模型を会社に運ぶのは面倒なので、出来るだけたくさん撮って貰うことにして、あたしと小林とは撮影を見学していた。

二時間近く経って、あと少し、という時に、スタジオの扉が開いて誰かが入って来た。

「あっ、使ってたんですか、すみません！」

男の声。あたしはドアの方を見た。

……噂をすれば影、ってやつ？　坂上くん、だ。

「なに、スタジオ予約してた？」

小林が焦って予約ボードに目をやる。

「ダブルブッキング？　重松さん、うちら予約、入れてますよね」

「いえ、すみません、土曜の夜だからてっきり空いてると思ってただけです」

坂上くんは、総務部次長の顔を見て恐縮している。

「レディス・ウィークで使うなら、すぐ空けるよ」

重松さんは温厚な性格らしい。

「こっちは社内報だから、むちゃくちゃ急いでるわけじゃないし。小林、それからえっと、高遠さん、あと少しだけど、続きはまた来週かその次の土曜日ってことにして貰ってもいいかな」

「次長、ほんとに大丈夫です。うちはどうせ今夜はぶっ通しなんで、そちらが終わってから使わせて貰います。カメラマンは食事でもしてて貰えばいいんで」

坂上くんは、なかなか腰の低い、出来た人間のようだ。週刊誌の編集部にいる人たちは、あまりにも忙しいせいなのかどうなのか、仕事に関することではびっくりするほど横柄（おうへい）になり、何がなんでも優先させろ、と言い張る奴もいっぱいいる。

「いいの、ほんとに」

「はい。いや、予定してた写真にミスが見つかっちゃって。スタイリストが用意した靴が、こっちが指定したのと違ってたんですよ、型番。さっき現物が手に入ったんで、今夜中に現像して突っ込むんです」

「大変だねえ、女性週刊誌ってのも」

「読者は詳しいですからね。記事内容と写真とで、ブランドは合ってるけど型番が違うって、雑誌の発売と同時にクレームが入りますよ。ほんと、女性が靴やバッグに対して示す情熱ってのは、僕らの想像を絶しますね。じゃ、えっとあと一時間くらいですか」

「そうだね、一時間はかからないと思う」

「わかりました。一時間後にまた来ます。すみません、お邪魔しちゃって」

坂上くんは、軽く頭を下げてにこやかに退場した。その時、あっ、だめっ、と思う間もなく、あたしのあたまには血がのぼり、自分でも思ってもみなかった行動に出た。

「坂上さん！」

あたしは坂上のあとを追って廊下に駆け出していた。

「あの、ちょっと話したいこと、あるんですけど」

「……はい？　あの……えっと」

「経理の高遠です」

「経理？　わ、僕の精算書、なんか問題ありましたか」

「そういうことじゃないの。弥々のこと、話したいの」

「弥々……」

「知ってるでしょ？　あなた、弥々の誕生日に、犬のぬいぐるみあげたんでしょ？」

「百舌鳥（もず）さんのことですね。……知ってます。ぬいぐるみ、贈りました」

坂上はかしこまった口調で言った。笑顔はない。頬のあたりが心なしか、ひきつって見える。

あたしたちはエレベーターホールまで歩いた。平日ならば、スタジオや倉庫が並んでいる地階にも社員やカメラマン、スタイリスト、編集プロダクションの人たちなんかがいっぱいいて、エレベーターホールはいつも大盛況だ。でも週末の夜十時近く、がらんとしたホールには、八頭身足長イケメン元芸能人とあたし、ふたりっきり。エレベーターは二基とも、すごく上階にいる。

坂上は、上向きのボタンに指をかけたが、押さずにおろしてあたしの方を見た。

「あなたが高遠さんなんですね。百舌鳥さん……弥々さんは、いつもあなたのこと話してます。大親友で、心から友だちだと思える、たったひとりの人だ、って」

嬉しかった。でも、嬉しいだけによけい、だったらどうして黙っていたのよ、と弥々を責めたくなった。

「立ち入ったこと、訊いてもいい？」

「どうぞ」

「あなたと弥々……つき合ってたの？」

「いいえ」

即答してから、坂上は大きな溜め息をひとつ、ついた。

「断られちゃいました。……彼女、他に好きな人、いるのかな。理由は何も言ってくれなかったけど、交際はできない、と言われました」

「そう……なんだ。断ったの……」

「はい。組合の会議で知り合って、それから何度か飲みに行ったりしただけですからね、勝手に舞い上がった僕が悪いんです。僕、過去に芸能界なんかにいたから誤解されるけど、そんなにうぬぼれが強い方だとは自分で思ってなかったんですよ。だからけっこう……勇気出したんです。彼女にも……その気があると、思い込んでて」

「……弥々のこと、好きだったんだ」

「はい」

坂上くんは、まったく悪びれず、はっきりと言った。

「今でも好きです。諦めるのはすごく大変で、毎日、苦しいです」

「弥々、会社、辞めちゃうのよ」

あたしは、そっと呟いた。坂上くんの顔色が変わった。顔色ってほんとに変わるんだ、と、あたしはびっくりした。

坂上くんの頬の上あたりが赤くなって、怒ってるみたいな、泣き出しそうな顔になった。

「……どういうことですか？」

声は、怖いくらい低く響いた。

「彼女が辞めるって、いったい」

「弥々、何も話してないの？」

「聞いてません。高遠さん、教えてください、なんで彼女、会社を辞めるんですかっ」

「弥々が話してないなら、あたしからは……弥々に訊いて」

「いえ、あなたに訊きたい。あなたが話してください」

「なんでよ。弥々に」

「彼女は僕に嘘ばかりつくんだ！」

坂上が、怒鳴った。あたしは心臓が停るかと思った。

「僕は……僕は、そんなうわついた男なんかじゃない！　彼女のことは真剣に好きなんです。彼女にはそう言った。でも、信じてくれないんだ！　弥々さんははぐらかしてばかりだった。女の子にモテるんでしょう、とか、アイドルのなんとかと噂あったの知ってるわよ、とか、そんなくだらないことばっかり言って、僕の言葉をちゃんと聞かない。そして嘘をつくんですよ。年上の妻子持ちと不倫してて、その人はあたしにフラれて自殺しちゃったのよ、なんて言う。その噂は僕だって知ってますよ、でも、あの自殺事件は鬱病が原因だった、彼女のことは関係なかった、って、信頼できる人からちゃんと聞いて確かめました。どうして彼女は、僕とまともに向き合ってくれないんだろう。僕は……僕はそんなバカ者に見えますか？　芸能界にいたから浮気者だなんて、あなたも思いますか？」

坂上は、過呼吸にでもなったみたいに、ぜえぜえと息をついた。でもあたしが何か言い出す前に、たたみかけるみたいにして話し出した。

「聞いてください、あなたにだけ話します。これ、もしかすると特ダネです。だから絶対に口外しないでください。でもあなたには話すんです。あなたに信じて貰えないと、弥々さんにも信じて貰えない気がするんだ。いいですか、話しますよ」

「は、はい」

坂上は、よし、と言うように頷く。

「僕が俳優を休業して大学に入ったのには、理由があったんです。理由というか、きっかけ、かな。僕は子役から芸能界に入って、ずっと俳優を続けていた。二十歳（はたち）になる前にもう、いっぱし、若手演技派なんて呼ばれてました。自分でも俳優の才能はあると思ってたし、芸能界の水は自分に合ってると思いこんでいた。でも、違ってました。僕には才能なんてなかった。僕が評価されたのは、監督や脚本家や演出家の手柄だったんです。だけどそれは仕方ない。初めて挑んだ舞台の仕事で、自分の能力のなさは痛感したけど、努力すれば理想に追いつけるとも思った。頑張ればいい、って。実際、頑張っていたらたぶん、もう少しうまくなって、俳優としては生き残っていかれたと思います。でもそんなことより、僕がこの世界では生きられないと思ったのは……舞台の仕事をしていた時に、舞台美術の裏方さんだった女性に恋をして、その恋を事務所に反対され、相手の女性に圧力がかかって、彼女がおびえて田舎に帰ってしまったからなんです。彼女は芸能人じゃなかった。ごく普通の人だった。事務所の社長に言われました。あんなつまらない女と噂になっても、おまえに得なことは何ひとつないんだぞ、って。僕は、その言葉をどうしても……どうしても受け入れることが出来なかったんです。悩んで悩んで、一度は諦めて芸能界で生き残ることも考えた。でも駄目だった。社長の言葉がこの世界の常識ならば、僕はこの世界ではやっていかれない。それが僕の出した結論です。それでも、契約の問題とかいろいろあって、すぐに引退は出来なかったんで、予備校に通って大学を受けました。実力で合格したってのはプラスイメージになるんで、事務所も大学に入ることは反対しなかったし、学業優先で仕事を減らすことにも成功しました。それから四年かけて、引退を言い出しても事務所が納得するように、周囲の人たちにも説明して、なんとかトラブルなく引退することが出来た。その間、僕は、田舎に戻ってしまった女性に手紙を出し続けていたけれど、返事は来なかった。僕が卒業する直前、彼女が故郷で結婚したと知りました。僕は……芸能人であることを捨てた。なのに、その女性は、僕の決意を信じてくれなかった。僕にとっては……すごく辛(つら)い、失恋です」

坂上は、すすり泣いていた。あたしは言葉を失った。

こんなに真面目に恋をする男って、もしかすると、初めて見たのかも知れない。

弥々が、その時の女性と同じなのだと、坂上にはわかっている。そしてあたしにも今、やっと、弥々のその気持ちがわかった。

弥々はたぶん、この男のことが好きなのだ。本気で、好きになっているのだ。だから受け入れることが出来ないのだ。

弥々は、自分がお婿さんをとらなければいけないと頑(かたく)なに思っている。そして日本の男性の大半が、婿入りするのに抵抗があると思い込んでいる。その上、見栄(みば)えがよくて華やかな世界にいたこの男の真心を信じるには、弥々もその舞台美術の女性も、普通の女の子過ぎた。

弥々は、怖がっている。手に入れたと思った途端に失ってしまうことを、怖れている。だから、何もなかった振りをして、あたしにも言わず、この人から遠ざかろうとしている。

　この人の真面目さが、あまりの一途(いちず)さが、現実のことには思えなくて、弥々の心は逃げ回ってしまうのだ。


　あたしは、エレベーターのボタンを押した。そして言った。

「弥々はね、ご実家の都合で、家業を継ぐ為に辞めるの。明後日送別会があって、火曜日からはもう会社に来ないのよ。……明日、弥々の引っ越しの荷造り、あなたも手伝いに来る？」

「……行ってもいいんですか」

「さあ、いいかどうか、あたしにはわからない。たぶん、なんで喋ったのよ、って弥々には怒られる。でももう言っちゃったんだもん、あとは自分で決めて。弥々の部屋は知ってるでしょ」

「電話番号は聞いてますけど、行ったことは」

「地下鉄のH駅から歩いて十分くらい。駅に着いたらあたしの携帯にメールして。名刺ちょうだい」

坂上が名刺を手渡した。社内メールアドレスが印刷されている。

「今夜、ずっと仕事でしょ。あとであたしの携帯からメールするから、それで携帯メアド、自分の携帯に登録しといてよ。メールくれたら、迎えに行く」

「すみません。……ありがとう」

坂上は頭を下げた。エレベーターのドアが開く。

「勘違いしないでね。あたし、恋のキューピッドするつもりはないから。ただ、あなたたち、ちゃんと話し合ってないんでしょ。どうせもう弥々は辞めるんだし、明日、話し合ってみればいいわよ。あの子、荷造りすごくとろいから、いたってあんまり役に立たないし、二人でどっか喫茶店でも入って、とことん話し合ってみたらいいと思う」

エレベーターから誰か出て来た。女の人だ。

「週刊レディス・ウィークの人ですか」

いきなり、女の人が坂上に向かって言葉を放った。中年の女性だった。なんとなく、表情のない能面みたいな顔。

「編集部に行ったけど人がいなくて、バイトさんが、地下のスタジオにひとりいるかも知れないと」

「ああ、すみません。今ちょうど、晩飯食いに出ているとこなんだと思います。あの、何か？」

その時、あたしの頭の中に警戒警報が鳴り響いた。どうして危険だと感じたのか、それは言葉では説明できない。でも、確かにあたしには感じられたのだ……その女性が抱いてる、暗い悪意。救いようのない、深い憎悪。

女の人は、無表情のままで、肩から下げていたトートバッグの中に手を突っ込んだ。

「危ないっ！」

あたしは叫んで坂上を突き飛ばした。その刹那、あたしの伸ばした腕に、何かが突き刺さった。

銀色だ。なんだか知らないけど、銀色のもの。

血？

ずぶっ、と銀色のものが引き抜かれた。血、血、血、血……

獣みたいな叫び声。銀色のものが宙に浮かび、宙を躍って、またあたしに向かって

……

ぐ、っと息が詰まった。何かがあたしの呼吸を停めた。

胸の下あたりが焼けついた。

耳鳴り。

どくどくと血管の中を血が流れる音。

苦しくて、もう目を開けていられない。

あたしはたぶん……膝をついた。


ちょっと待ってよ。なんなのよ、これ。

あたしは薄れていく意識の中で考えている。

こんなのって、ちょっと信じられない。あたし、刺されたわけ？　見たこともない人に、ぶっすりと。

なんで？　どうして刺されないとならないの？


ここは会社なのに。

会社でしょう、ここは。

でもまあ。
あたしは真っ白な世界で、ぼんやりと思った。
弥々の恋人が刺されなくて、よかったよかった。
ほんとに……よかった……ほんとに……

またまた、やってられない月曜日～エピローグ

とんでもない展開だ。
こんなのって、あんまりだ。
どうしてあたしがこんな目に遭うんだ！

まったく、やってらんない。ほっんとに、やってらんない。

あたしってば、もしかして英雄？　愛社精神の塊？
冗談は、よしこさん。

あ。

あまりにも古い、というか、これって弥々が気に入って連発していた時、耳が腐りそうになったんで、黙らせる為に弥々の口に、手にしていたおにぎりを詰め込んだ、といういわく付きのフレーズじゃん。元ネタはなんなんだろう。林家三平？

と、あたしはまったく普通に、いつもと同じにぶつぶつとくだらないことを考えている。病院の、ベッドの上で。

把握している事実と言えば、右肘の少し上と右の脇腹の二ヶ所、あたしは刺された、ということ。刺した凶器は果物ナイフだった、ということ。そのせいで、傷はそんなに深くはなく、命に別状はない、ということ。まあその程度である。

傷はたいしたことなかったのに、あたしは丸一昼夜、意識を失っていた。軽いショック状態で、血圧が下がってしまったせいらしい。そのせいで、目覚めた時はもう、日曜日の夜だったのだ。

今、病室には母親がいて、次々と訪れる見舞い客に愛想を振りまいている。いくら傷が軽かったからってね、お母さん、あなたの娘はまだ、起き上がることも出来ない状態なんですよ。来る人来る人に、いえもうすっかり大丈夫なんですよ、とにかく丈夫な子なもんですから、ええ、ほほほほ、って言うの、やめて。あたしは、まだ、痛いのだ。痛い。激痛ってほどでもないけど、特に肘の上が、火傷でもしているみたいにヒリヒリズキズキする。

それでも、命が助かったというのは、やっぱり、嬉しかった。

死にたくなんて、なかった。

死ななくて、よかった。

「寧々、起きてる？」

弥々の顔が真上から覗き込む。

「まだ普通食は出ないんだってね。何か食べるもの買って来ようと思ったんだけど、傷にさわるといけないから、お花にした」

弥々が手にしているのは、甘いピンク色のスイトピーの花束だった。

「かわいい、じゃん」

大声を出したら脇腹が痛そうだったので、囁くように言った。弥々は、笑って、それからぽたぽたと涙をこぼした。

「航空券、ヤフオクでけっこう高く売れたし、ホテルの予約もさ、キャンセル料はいらないって。フランス人ってけっこう、太っ腹だねえ。引っ越しもね、キャンセルじゃなくて日取りの変更だけだから、変更手数料はサービスしときます、なんて言って貰っちゃった。おかげで、一週間引っ越しが延びたから、ゆっくり荷造りできるよ。でもパリはやめた。北海道にする。なんかさ、海外じゃなくてもいっか、って」

「もったい、ないよ。てんぐ、堂の仕事、はじまった、ら、行かれない、よ」

「寧々……痛いなら、無理して喋らないで」

弥々の涙があたしの額に落ちて、生温かかった。


弥々が説明してくれたところによれば、あたしを刺した女は、レディス・ウィークの記事ですっぱ抜かれた政治家不倫騒動の関係者だった。なんでも、その政治家に息子の就職を頼んでいたとかで、それが不倫騒動で駄目になって、その息子ってのが鬱病か何かになってしまったらしい。と言うか、そう思い込んで鬱病になったのは、その女の方なんだろうけど。だからそれだけなら、たぶんあんな大胆な犯行には及ばなかっただろう。彼女が狂気にかられたのには、悲しい偶然があったらしい。

「まさかね、うちの会社の人の社員証、拾うなんてねえ。世の中、ほんと、何が起るかわからないよね」

弥々は、あたしのベッド脇に腰かけて、大袈裟に溜め息をついた。

つまり、あの女性は、本当に偶然、地下鉄の改札口付近で我が社の社員証を拾ってしまったのだ。そしてそれが、御丁寧にも、女性名義のものだった。もともと息子の就職が駄目になったことで、くだんの不倫政治家をバッシングしているマスコミすべてに憎悪を抱いていた彼女にとって、それは、復讐せよ、という悪しき神からの御神託に思えたのだろう。政治家の不倫現場を押さえた写真週刊誌と、公務の視察旅行中に女と旅先でまで密会していたという特ダネをぶち上げたレディス・ウィークは、女性の憎悪のまさに中心的標的だったのだ。

女性は顔写真を自分のものと貼り替え、社員証を変造した。そして、土曜日の夜、通用口から社内に入り、警備員には自分の顔写真を貼った社員証を見せた。レディス・ウィーク編集部に行ってみると、たまたま残業組はみんな不在でバイトしかおらず、地下のスタジオに編集部員がいる、と言われてエレベーターで地下へ。ドアが開き、あたしと坂上くんに鉢合わせして、ブスッ。

何度でも言わせて欲しい。まったく、やってらんないよーっ！

「犯人の女もさ、うちらの親とおんなじだったんだよねぇ」

弥々は言った。

「子供をいい会社に入れたくって、コネつかってさ。それ考えると、なんか他人事に思えないよ」

それはそうだけど。しかし、だからってこのやり方は、余りにも愚かだろう。少なくともあたしの親も弥々の親も、もっと賢い。

でも考えてみれば、あたしも弥々も、そうした恩恵を受けて入社したのに、差別されていることばかり愚痴っていた。いや、弥々はそんなに愚痴ってないね、あたしだ、愚痴ってばかりいたのは。コネがなかったらとても入社出来なかっただろう会社に就職出来て、ちゃんと勤めて給料を貰えていたのに、それ自体が幸運なことだ、という意識は薄かった。

あたしの肘と脇腹の痛みは、自分の持っているものの大切さを顧みなかったことへの、罰なのかも知れない。もちろん、だからって差別されることに甘んじるつもりはないし、自分がそれなりにちゃんと働いて、後ろ指さされる筋合いなんかない、という点で譲歩は絶対しない。してたまるか。でも、健康でいること、友だちがいること、仕事が好きなこと、そうしたことすべてに対して、感謝することをすっかり忘れていたことは、今、恥ずかしいと思う。鬱病になるほど苦しい思いをしても望む仕事に就けない人の嘆きについて、ほんの少しでも考えたことがないなんて、人として、すごく恥ずかしい。そう素直にあたしは思い、起き上がれないという状態のまま、けっこうしょげている。

「寧々と坂上くん、ちょっとした英雄みたいよ」

弥々はクスクス笑った。

「坂上くんが女の手からナイフ奪って組み伏せて、大声で助けを呼んで、その上、足で非常ベル鳴らしたんだって。やっぱりあの人、元俳優だけあって、足、長かったんだねえ。駆けつけた小林さんがね、女の上に乗りかかったままで片足で非常ベルを蹴(け)ってる坂上くん見て、カンフー映画みたいだった、って言ってたよ」

「弥々……彼、と……つき合う、の?」

あたしの問いに、弥々は、うーん、と腕組みした。腕組み、って、この場合ちょっと仕草として違うんじゃないか、とあたしは思う。恋愛ってさ、腕組みして悩むタイプの問題じゃないよね。

「彼はいい人だと思うよ。……一途(いちず)で熱血でさ。でも……なんか少し、不安なの」

「不、安?」

「だってさあ、寧々。いくら芸能界の水が合わないとか言ったってよ、そこそこ人気出てた時だったのに、あっさり辞めちゃうってのがかえってね、現実感薄いって言うか、浮世離れしてる、って言うか。そう思わない？　あたしだったら、そこそこ人気出てる時にやめたりしないよ、絶対。いくらうちの会社の給料は悪くないとか言ったって、俳優として成功した時のこと考えたらさあ、比較になんないよ」

「まあ、それは、そうだ、けど」

「そもそもね、この話って、なんかちょっとおかしくない？　どうしてあたしなの？　なんであたしなんかがいいわけ？　あたしさあ、坂上くんからつき合って欲しいって言われた時、真面目に、ほっぺたつねっちゃったよ。どうも、そのへんからして、彼はなんか、間違ってるって気がする。これはあたしの考え過ぎなのかも知れないんだけど、彼、普通の女の子に恋をする、ってパターンに執着してるだけなんじゃないかな、って。自分ではあたしに惚れてるって思い込んでるけど、それは錯覚でね、彼はさ、そんなに美人でもなく、これと言って取り柄もない女の子に恋をする自分、に惚れてるだけなんじゃないか、そんな気がするんだよねえ……それもこれもさ、芸能界に対するしっぺ返しって言うか、ほら、彼から聞いたでしょ、舞台美術やってた女の子に恋したのに、事務所に別れさせられた、って話。彼にとっては、立場を利用して事務所の社長に恋愛にまで干渉されたことが悔しくって、しかもその女の子が他の男と結婚して、結果的にはフラれちゃったわけで、それもプライドに打撃でさ。だからかえって意固地になってて、すごい美人だとか、むっちゃ仕事が出来る人とか、そういう女性には目が向かなくて、あたしくらいの女に妙に固執しちゃうんじゃないかなあ。もともと、その裏方さんの女の子に惚れたとかいうのだって、彼の話を気をつけて聞いてるとね、彼がさ、自分の才能に限界を感じたことと無関係じゃないような気がするのよ。彼は結局……逃げたかったのかな、って。初めての舞台の仕事で、周囲にすごい才能のある人たちをいっぱい見て、自信がぐらついた。それで、恋に逃げちゃった。でもその逃げ道をあっさり塞がれたことで、意地になっちゃった。あたしには、そんな物語が、見えちゃうんだなあ」

……むむむ。と、あたしは思った。弥々には失礼ながら、それはけっこう鋭い考え方かも。

坂上くんは一途だ。でも、今どきの二十代半ばの男子としては、ちょっと一途過ぎるというか、あたしに弥々への思いを語る時のすすり泣きなんか、芝居がかってると思えたくらい、熱過ぎた。

弥々の分析で、彼の態度は説明がつく。彼はまさに、弥々に固執している。ううん、本物の弥々にではなくて、彼が、弥々みたいな女の子、と勝手にひとまとめにしている幻想に、固執しているのだ。

なるほどねぇ。

弥々はやっぱり、大人だなあ……あたしなんかより。

と、感心はしてみたものの、やっぱりそれだけではすっきりしない。

仮に坂上くん側の心理がそういうものだったとしても、彼の恋心が偽物だということにはならないんじゃないの？

恋する、ってのは、多かれ少なかれ、錯覚なんだよ。違う？

弥々はやっぱり、怖がっている。理屈ではなく、あたしにはそれがわかった。弥々は普段、こんなにいろいろと他人の心理を分析して決めつけたりはしない。弥々の良さは、アホの振りが嫌味にならないところなのだ。弥々は、他人の心を解剖して喜ぶような、そんな女じゃない。

こうやって、誰かの心をアジの開きでも食べるみたいに箸（はし）の先でほじほじするのは、彼女らしくない。

あたしは起き上がって、弥々にいろいろ言ってやりたくてたまらなかった。でも脇腹の痛さがその気力を奪ってしまう。ああ、もどかしい。弥々が特上イケメン男とおつき合いするかどうかの瀬戸際なのに、からだが言うこと聞かないなんて。

と、その時、母が廊下からドアを開けて顔を出した。

「翔子ちゃんが来てくれたわよ」


翔子ねえちゃん！


わが敬愛する従姉（いとこ）、墨田翔子嬢。嬢、ってのよりはちょっと年増（としま）だけどね。

有名総合音楽メーカー勤務の高給とり。四十の大台目前にして、立派に独身。

まあまあ美人で、そして、すんごい強気のお姉さん。

つかつかつかつか、と翔子ねえちゃんは病室の中に入って来た。そして、寝ているあたしにではなく、なぜか弥々の方に向いて、言った。

「聞いた」

「……はい？」

弥々、おびえて翔子ねえちゃんの顔を見る。こりゃ勝負にならん。弥々がカエルで翔子ちゃんがヘビ。丸呑（まるの）まれ寸前。

「ドア、半開きだったの。でね、聞いたわよ、さっきの話」

「さっきの、と申しますと……」

翔子ちゃんは、腰に手をあてた。憎たらしいくらい、決まってる。

「男の気持ちなんて、どうでもいいでしょ。あなたはどうなのよ、あなた自身は。あなたはその男のこと、好きなの？　好きじゃないの？　そいつとつき合って、フラれるのがそんなに怖い？　やっぱ普通の女の子じゃつまんないや、って捨てられるのが、そんなに我慢出来ない？」

「あ、あたしは……」

「玉砕しなさい」

翔子ちゃんは、すっぱりと、言った。

「分析なんて無駄よ。恋ってのは、計算で答えが出るもんじゃない。いいじゃないの、相手が錯覚してようが意固地になってようが、とりあえず、おまえが好きだ、って言うんだから。あなた、まだ若いんでしょ。三十にもなってないんでしょ。その歳で、結果ばかり気にしててどうするの。これはあたし自身の反省の言葉でもあるんだから、聞いて。時はいつだって一方通行、逆には決して流れない。後先考えないで恋をして、火傷して傷だらけになるとしても、絶対に戻れない過去をねちねちと懐かしんで生きていくよりははるかにましよ。あなた、寧々の親友の弥々さん、よね？　ご実家を継いで実業家になるんでしょ？　実業家に必要なのは、決断。実業家に最も不要なものは、意味のない後悔。恋ごときに立ち向かえなくて、ビジネスの世界で勝ち抜くなんてできっこないわよ。わかる?」

「あの、実業家ってほどのもんでは、てんぐ堂だし、それにあの」

弥々は、ものすごく困った顔で、あたしを見た。

あたしは、痛む脇腹を押さえながら、言い放った。

「玉砕、するべし。以上」

「よおし」

翔子ちゃんが鼻の穴をふくらませた。

「これで、決まった」

＊

あれから一ヶ月。

弥々はもう、会社にいない。しかしまだ玉砕もしていないと思う。たぶんね。

だってさ、弥々ってば、坂上くんとつき合い始めたのと慣れない本屋の仕事をおぼえるのにてんてこまいなのとで、まあ仕方ないんだけど、携帯メールくれるのサボってるのよね。毎日メールする、とか言ってたくせに、けっこう薄情なやつなんだから、ったく。

しかしまあ、何はともあれ、弥々は元気そうだ。婿入りの話も、坂上くんは『ぼくは三男だからぜんぜんおっけー』なんて軽く言ってくれちゃったらしいけど、ほんとにそんなに簡単にいくとは思えないし、第一あの事件で彼の名前がまた女性週刊誌だのテレビのワイドショーだのをにぎわせたこともあって、世間は彼に、芸能界に復帰して欲しいとラブコールを送っている。弥々の存在はまだすっぱ抜かれていないけど、そのうち他社の写真週刊誌あたりに派手に書かれるんじゃないかしらん。そうなった時、はたして二人の運命やいかに。

どっちにしても、あたしは弥々の味方だ。

模型の写真が社内報の表紙になった。作者があたしだということはかろうじて伏せられている。でも、みんなすごく驚いている。次は自分のとこじゃないか、って、ランチタイムに噂している。

あたしはそれを耳にしながら、ちょっぴり、幸せだ。

会社に命なんかかけるつもりはない。刺されたのはほんとに偶然で、会社を守りたかったわけじゃない。もちろん、結果として坂上くんを守れたのはめでたいし、刺された瞬間にあたしが考えたのも、弥々の恋人（あの時点ではそう思っていたのさ）が殺されなくてよかった、ってことだった。でも、だからってあたしが殺されてもいい、ってわけじゃない。あれはほんと、咄嗟の行動だった。それ以上でも以下でもない。

痛い思いをして、なんだかんだで五日も入院するはめになり、退院してからも警察だの会社の法務部だのから、あれやこれやと長時間事情を聞かれて、ようやっと会社に復帰した途端、なんとか新聞だの、週刊なんとかだのから取材のお願い電話が鳴りやまなくって、最後にはなんと、自分とこの雑誌からまで、体験記書いて〜、なんて内線電話が入って来るようになっちゃって。

そういうこと全部、鬱陶しい。めんどくさい。柄じゃない。

あたしって人間は、そういうのが似合う人ではないのだ。あたしには、こうやって経費精算書を睨みつつ電卓を叩き、定時まで責務を果たしたら、あとはさっさと退社して、コンビニでなんか適当な夕飯を仕入れ、部屋に飛び込んで模型を作る、そういう、おたくがかってるけどまあまあ普通、なOLの生活、がぴったりなんだ、と思う。それで悪い？　翔子ねえちゃんみたいにバリバリ仕事して出世しないとおかしい？　合コンに命かけて、金持ちの結婚相手を探そうと鵜(う)の目鷹(たか)の目でいないのは、へん？

　いいじゃない。こんなあたしだって、それなりに楽しく、それなりに必死にここで生きている。それでいいじゃない。

　今日、部屋に帰ったら社長室を作る。社長室なんて入ったことなかったけど、昨日、例の事件のことで社長から感謝の記念品とかいうものを貰うのに、入ることが出来た。もちろん隠し撮りさせていただきました。シャッター音を消した携帯で、とにかく撮れるだけ撮ってやった。で、それを元にして、社長室の制作に取りかかるのである。わーい、楽しみだ。もうわくわくしちゃう。ああ、接着剤の匂(にお)いが恋しい。ってあたしはその手の中毒患者じゃないんですけどね、でもほんと、今のあたしには、男の匂いなんかより、模型材料の匂いの方がずーっと、セクシー、なの。

　でも、未来に何が起って自分がどう変わるのか、それはわからない。

　会社の模型作りを始めて一年、ひとつだけ、自分が変わった、と思うことがある。あたしはたぶん、少しは優しくなっている。……と、思う。

小さなパーツをひとつひとつ、組み合わせ、削り、貼り合わせて出来上がっていく、会社の模型。1/150の、世界。

それまで、なんとなくしか眺めていなかったあたしの日常が、そこにはある。そう、会社員である以上、一日で最も長く過ごす場所が、この建物なのだ。そしてこの建物の中には、自分と同じように、そこを日常にしている人たちがいる。みんなばらばらの人生、ばらばらの事情を抱えて、でも、同じ建物の中に集まって。

これは、縁、なのだ、と思う。小林が教えてくれた考え方。

縁（えにし）。

せっかくの縁なら、大切にして、可愛（かわい）がってあげてもいいよね、と、思う。

そう思える分だけ、あたしは前より、優しい。たぶん、ね。

おっと、内線。小林からだ。

「昨日の情報、正しかったよ」

小林の声が弾んでいた。

「中野のA模型、やっぱ閉店セールするらしいよ。今週末から」

「やっぱほんとなんだ！」

あたしは思わず叫んでしまって、慌てて声を低めた。

「ネットのＨＰにも出てないし、ほんとかなあ、って思ってたんだけど」

「宣伝なしでやるんだって。ＨＰなんかに載せたら、大変な騒ぎになっちゃうから」

「じゃ、ライバル少ないわね」

「いや、すごいんじゃないかなあ。A模型は老舗で、Nゲージやってる奴ならたいてい知ってるもんな」

「安いかな、付属部品も、ジオラマ用のも」

「たぶん、すごい安いと思う。何しろ閉店セールだし」

「行く?」

「もちろん。土曜、開店前から並ぼうよ」

「わかった。どこで待ち合わせる?」

「ブロードウェイのさ、右側の……」

恋愛には発展しそうにないけれど、小林樹とは、いい模型友だちになっちゃった。

今のところ、あたしにとって、このくらいがちょうどいい状態、なのであります。

はい。

解　説

杉江松恋

自分という人間の魂の置き場所はどこにあるのか。

柴田よしきは、その問いに対する答えを会社小説の形で書いた。『やってられない月曜日』はそういう小説である。

ひさしぶりに再読して感心したのだが、やはり柴田よしきの短篇はいいのである。特に連作におけるキャラクターの立て方が抜群に上手(うま)い。

本編の主人公は、まもなく二十九歳になる高遠寧々だ。彼女は大手出版社の経理部で働いている。社員数八百人超という規模は一般の基準でいえば中程度だが、出版界では大手なのである。コネ入社、すなわち縁故採用の自分は会社内ではヒエラルキーの最下層にいると自認する寧々にとって、同じ境遇の百舌鳥弥々は無二の親友である。寧々と弥々、まるで昭和のデュオ歌手のような名前の二人には、異性との交際とは無縁であること以外にもう一つ、社内ではあまりおおっぴらにしたくない趣味を持っているという共通点がある。弥々はＢＬ小説書きの同人活動、寧々は模型作りが生きがいなのだ。

本書は七篇からなる連作短篇集で、巻頭の「やってられない月曜日」で読者の前に姿を現した寧々は「あたしは、ブスである」と自己紹介する。そして「あたしという女が、男と縁があるかどうかが、他人に何の関係があるのだ」と問い質し、宣言する。

ほっとけ。

派閥の勢力均衡がどうかとか、誰と誰とが恋愛関係にあるとか、そういう些事に煩わされることを好まない寧々にとっては「ほっとかれ」ることこそが望みなのだ。「やってられない月曜日」では意外な人同士の愁嘆場を目撃するのに、口を噤んでそのままやりすごす。その場面をあっさりと流してしまうのが巧みなところで、寧々は深入りしない主人公なのだ。本当に「ほっとかれ」たいのに、わらわらと厄介ごとが持ち上がって巻き込まれてしまう。木枯し紋次郎よろしく「あっしには関わり合いのねえことで」と言いたいはずなのに。

本書収録作は「小説新潮」二〇〇六年三月号～二〇〇七年六月号に掲載され（エピローグのみ書き下ろし）、二〇〇七年八月に新潮社から単行本化、二〇一〇年七月に新潮文庫に入った。今回が二度目の文庫化である。先行する作品として『ワーキングガール・ウォーズ』があるが、同書は「小説新潮」二〇〇三年二月号〜二〇〇四年七月号に掲載され（表題作、エピローグは書き下ろし）、二〇〇四年十月にやはり新潮社より単行本刊行、二〇〇七年四月に新潮文庫の一冊となっている。先日徳間文庫に加わったので既読の方もいらっしゃるだろう。『やってられない月曜日』には『ワーキングガール・ウォーズ』の主人公が高遠寧々の親戚としてカメオ的に登場する。会社組織の中で生きる女性の姿を描くという共通項もあり、正式な続篇と考えていいだろう。だが両者の間には違いもある。

『ワーキングガール・ウォーズ』の主人公である墨田翔子（すみだしょうこ）が属していたのは総合音楽メーカーの企画部だった。花形部門に籍を置き、自他ともに認めるやり手である。収録作の「ブラディマリーズ・ナイト」に印象的な場面がある。失恋のために仕事ができなくなってしまった部下の女性社員に対し翔子は、立ち直って結果を出さない限り居場所がなくなる、「このままだとあなたの夢はここまでで終わるわ」と宣言するのだ。翔子は「あたしたち女は、結果を出さなければ男の半分も階段を昇れやしない」と言う。

二〇一六年にヒラリー・クリントンがアメリカ大統領選に出馬した際、女性が真の意味で社会の中枢（ちゅうすう）に立つことができるのか、ということが改めて取り沙汰（ざた）されるようになった。『ワーキングガール・ウォーズ』の単行本化は二〇〇四年、時代の空気を先取りした小説であったと思う。組織には女性が力を発揮しにくい〈ガラスの天井〉があるということを、それに阻まれることで鬱屈を募らせる者の視点から描いたのが『ワーキングガール・ウォーズ』という作品だった。つまり会社の〈中〉にいる者の小説である。

対して『やってられない月曜日』の高遠寧々は、自分が組織の中で疎外される立場にいると考えている人物だ。象徴的な場面が「誰にもないしょの火曜日」で描かれる。寧々は三十八階建ての本社ビルをそっくり模型化しようとしている。もちろん建物の外側だけではなく、中の部屋やそこで働く社員の姿も可能な限り現実を写した形で再現するのだ。つまりそういう形で会社を〈外〉から見ている。会社の〈中〉で自分はどう生き抜けばいいのかに悩む翔子と〈外〉からその滑稽さを眺める寧々は綺麗な対比を形作る。

『ワーキングガール・ウォーズ』がキャリアについての物語だとすれば、『やってられない月曜日』はそれに固執せず、自らの生活を充実させるためにはどうすればいいか、と考える主人公の話である。百五十分の一の模型を作る寧々は「あたしにだって、胸がときめく、って世界はここにちゃんと、ある」と考える。

——そして、この小さな世界を造っているあたしの外側を覆う大きな世界は、やっぱり、切り離された別の宇宙なんかじゃないんだ、と思う。あたしは大きな世界の一部で、この小さな世界はあなたの一部で、そして同時に、この小さな世界の一部があたしで、あたしの一部が、あたしを取り巻く大きな世界なんだし。

右肩上がりの経済成長が遠い夢物語となった社会では、最小規模の自分空間を保つことこそが重要になる。そうした時代のありようを凝縮したのが高遠寧々という主人公なのだ。そうした意味では、十年以上前の作品ではあるが本作が切り取った社会の断面図は、驚くほどに鮮度が保たれている。一方で墨田翔子のもがきも問題提起として重要であり、この両者が揃うと、現代社会の全体像がはっきりと浮かび上がる。柴田はそれを、自分がどう生きるべきかをぼやきながらも真っすぐに考え、自分がなぜ今こうなのかを他人のせいにせずに公平に判断する主人公の視点により描いた。

初めに書いたように短篇小説として見ても各話の完成度は非常に高い。「誰にもないしょの火曜日」で寧々は、普段は垣間見ることのない他人の秘密を覗いてしまう。「涙が溢れて止まらなくな」った寧々が洩らす「ここは、小さな、地獄だ」の一言の切れ味たるや。「とびきりさびしい水曜日」では、ある人物の心に最も近い場所に寧々は立ってしまい、その呟きを聞いてしまう。「わからないことだらけ」で誰もその人のことを知らなかったのだ。寧々は「あたしのあの、模型の会社に置かれる人形たちと、どこが違うんだろう」と考える。主人公が持つ視点の特徴が最大限に生かされた一話であると思う。

続く「甘くてしょっぱい木曜日」では『ワーキングガール・ウォーズ』にも出てきたような、いい年をした大人たちによる社内のいじめが描かれる。ここでは親友である弥々の純粋さが寧々に発見を促す。図らずも人間関係の汚泥を見てしまった寧々は、社会の中で自分の心と目が曇らぬように祈るのだ。この祈りは本書の中でもっとも胸を打つ文章である。これから目を通す方は、ぜひ百九十六ページをよく味わって読んでいただきたい。

成長小説の要素もあり、「それでもうれしい金曜日」では物語の逆転が起きる。成長した主人公はものの考え方が序盤とは変わる。それによって人間関係も変化し、世界が以前とは違ったように見えるようになるのである。それを描くから「うれしい」のであり、ほっとするような時間が描かれる。「まとっていた鎧を脱いで、ふう、と本音を出す瞬間」が。実質上の最終話が「命かけます、週末です。」になっているのは、会社の〈外〉にいようとする主人公らしいことである。そこで決定的な出来事があり、エピローグの「またまた、やってられない月曜日」へとつながる。一週間が巡って元の場所に戻ってきたが、螺旋（らせん）階段を上るように寧々の心境は変化している。この、ほんのちょっとだけの成長を描いたというのが本作の価値だ。肩の力が入らない寧々の語りに嬉しくなる。

お仕事小説とは、女性が仕事に生きることが異端視されたからこその呼称である、というのは私ではなく作家・田中兆子（たなかちょうこ）の指摘だ。もっともだと思う。会社という組織は女性にとって今なおお生きづらい社会単位である。そのしんどさを柴田は『ワーキングガール・ウォーズ』『やってられない月曜日』の連作で描いた。寧々や翔子と同じような疲労を感じてしまっている方に、ぜひ読んでいただきたいと思う。それこそ男女は関係なく。

二〇二三年二月

この作品は２０１０年7月新潮文庫より刊行されました。
なお、本作品はフィクションであり実在の個人・団体などとは一切関係がありません。

徳間文庫

ワーキングガール・ウォーズ

やってられない月曜日(げつようび)

2023年3月15日 初刷

著者 柴田(しばた)よしき
発行者 小宮英行
発行所 株式会社徳間書店
東京都品川区上大崎三-一-一 〒141-8202
目黒セントラルスクエア
電話 編集〇三(五四〇三)四三四九
販売〇四九(二九三)五五二一
振替 〇〇一四〇-〇-四四三九二
印刷 製本 大日本印刷株式会社

ISBN978-4-19-894835-1

徳間文庫の好評既刊

柴田よしき
ワーキングガール・ウォーズ

墨田翔子、三十七歳、未婚。仕事はデキるし、収入もそこそこ。総合音楽企業の企画部係長で、日々しょうもない上司と面倒な部下のＯＬたちとの板ばさみ。典型的な中間管理職だ。ある日、女子更衣室で起きた小さな事件をきっかけに、ストレス解消のオーストラリア旅行を決意する。嫉妬、羨望、男女格差……悩み、迷いながらも前を向いて働く女性のリアルが満載のワーキングストーリー。